NOIR
AMÉRICAIN

Une collection dirigée par Mikaël Ollivier

Les nouvelles « Jenny et Grapp le monstre » et « Loin à l'intérieur, là où moi seul peux aller » ont été publiées une première fois dans le recueil *Loin à l'intérieur* aux éditions de l'Oxymore en 2005.

ISBN 978-2-84420-686-2

CONCEPTION GRAPHIQUE :
couverture Marion Bataille
intérieur Bärbel Müllbacher

ARMAND CABASSON

NOIR AMÉRICAIN

NOUVELLES

EDITIONS
THIERRY
MAGNIER

Sommaire

Jenny et Grapp le monstre

Je m'appelle Jenny, j'ai dix ans et je vis avec ma maman à Princeton, New Jersey. Avec nous, il y a aussi Frank. Je l'aime pas, Frank. D'abord, il est pas mon père et puis il me gronde tout le temps. Il a pris la place de mon papa qui est mort dans un accident de voiture mais en fait, je crois que c'est que maman qu'il veut et pas moi. Parfois, il me dit que si je continue à être vilaine (mais je suis pas vilaine !), il m'enverra en pension en Virginie (c'est hyper loin et hyper nul, la Virginie, et il fait trop chaud, là-bas). Ou alors, il dit que je pourrais aller chez Paps et Mums (le papa et la maman de maman). Eux, je les aime beaucoup mais ils sont à Chicago. C'est trop loin, l'Illinois.

Moi, je veux rester dans le New Jersey avec ma maman et Grapp.

Grapp, c'est mon monstre. C'est un vrai monstre et il existe pour de vrai mais il y a que moi qui peux le voir. Il y a plein de monstres dans le New Jersey (le Diable du New Jersey, par exemple). Et des sorcières, aussi, genre les sorcières de Salem. Salem, c'est dans le Massachusetts mais elles viennent aussi dans le New Jersey. C'est parce que le New Jersey, c'est l'endroit le plus magique des États-Unis. C'est pour ça que Grapp peut y venir. Je suis sûre que vous voulez en savoir plus sur Grapp. Grapp est très très fort, c'est l'un des monstres les plus forts qui existent. Il peut avoir plein de formes différentes parce qu'il est polymorphe protéiforme. C'est ma maîtresse qui m'a appris ces deux mots qui veulent dire qu'on peut se transformer comme on veut. Ça l'a amusée que je lui pose des questions sur le pouvoir de transformation. Je lui ai dit que c'était au sujet d'un monstre. Elle a souri et elle m'a demandé si je le lui présenterais. J'ai dit non vu que ça pouvait être dangereux. Elle m'a répondu qu'elle comprenait et qu'elle attendrait que mon monstre soit apprivoisé. Ben c'est pas un chat, quand même, que je lui ai dit ! Elle m'a demandé si je l'avais dessiné. J'ai dit non mais évidemment que je dessine Grapp ! Je le dessine tout le temps. Les murs de ma chambre sont couverts de dessins de lui : Grapp avec des tentacules de pieuvre, Grapp en requin (il nage très bien, pas comme les chiens !), Grapp énorme, Grapp petit comme une araignée, Grapp avec des milliers d'épines de hérisson… Les dessins sont très importants ! Il faut que je vous dise un truc : j'ai un pouvoir magique. Je peux faire venir les monstres de leur monde dans notre monde. Oui, parce qu'il existe un Monde des Monstres (sur une autre planète) avec des millions de monstres (qui vont de gentils à ultra-dangereux). Quand je dessine un monstre, du coup, il peut venir dans le New Jersey quand il en a envie. Pour l'instant, ça marche qu'avec Grapp mais c'est pas dit qu'un jour, ça fasse pas ça aussi avec d'autres. La nuit, je dors avec une veilleuse. Hé, vous moquez pas ! C'est pas que j'aie peur, c'est pour apercevoir Grapp. Je regarde tous mes dessins affichés. Je sais que Grapp est là, quelque part, caché dans l'un des dessins de lui. Et puis, parfois, il décide de changer de dessin. Un peu comme quand on va s'endormir et qu'on bouge pour changer de côté.

Et hop ! Je le vois qui fait un saut d'un dessin à un autre. Ça dure juste un instant : sa silhouette se déplace à toute allure sur le mur comme un gros insecte et puis ça y est, il a changé de dessin. Ils sont hyper essentiels, les dessins. Parce que si on les détruisait tous, Grapp pourrait plus jamais revenir dans notre monde, même si je le dessinais encore après. C'est comme ça. C'est compliqué à expliquer mais ça se passe ainsi dans le Monde des Monstres. C'est un peu comme l'histoire du Petit Poucet qui retrouve son chemin grâce aux cailloux qu'il a semés. Eh bien là, mes dessins magiques sont comme des cailloux que Grapp suit pour aller et venir entre les deux mondes. C'est pour ça que j'en fais tout le temps, des dessins. Et, pour m'aider, Grapp me montre les formes qu'il peut prendre et moi, je les dessine. C'est fou, il sait se transformer de tellement de façons différentes !

Vous vous demandez sûrement quelle est ma relation avec Grapp ? Les adultes veulent toujours savoir comment sont les relations entre les gens. Au repas du soir, quand Frank veut pas que je parle parce que ce sont les conversations des adultes, il demande souvent à maman quelle est la vraie relation entre sa sœur et son patron, entre son assistant et la femme du chef de service… Ben Grapp et moi, on s'entend génialement bien ! Grapp est très content de visiter notre monde grâce à moi. Je lui parle gentiment (et il commence un peu à comprendre ce que je lui dis). Je lui donne des bonnes choses à manger (des verres de soda, des bonbecs, des *ice-creams* super luxes…). Je lui explique comment marche le Monde des Humains (tu parles d'un monde moche !). Et lui, il me protège. Il a été vachement étonné quand je lui ai expliqué, pour Frank. C'est vrai, dans son monde à lui, si une maman perd son mari, elle se remet jamais avec un autre monstre SAUF si cet autre monstre jure ABSOLUMENT d'être gentil avec les enfants de la maman. Et s'il ne tient pas sa promesse, tous les autres monstres viennent lui faire la peau. Ça rigole pas là-bas parce que, dans le Monde des Monstres, les enfants sont beaucoup plus importants que chez nous.

Il y a deux semaines, il y a eu une immense dispute à la maison. Je peignais un Grapp géant et puis j'ai renversé le verre de rinçage sur la moquette. Mais je l'ai pas fait exprès quand même ! Frank, il s'est mis en colère ! Maman arrivait pas à le calmer. Elle a vite pris plein de produits mais la tache, elle voulait pas partir. Elle était grosse, mauve décoloré et avec une forme bizarre. On aurait dit un Grapp tatoué sur la moquette beige. Maman pleurait parce que Frank criait très fort. Moi, j'ai dit à Frank :

– Ben t'as jamais eu dix ans, toi ?

Puis j'ai éclaté en sanglots.

Frank a failli me taper ! Il a levé la main. Maman lui a dit :

– Arrête, je paierai une autre moquette avec mon argent !

C'est bien qu'elle ait dit à Frank d'arrêter mais pourquoi elle a parlé d'une autre moquette ? Ça veut dire que, si elle avait pas eu l'argent, elle aurait laissé Frank me taper ? Frank est allé dans ma chambre et il a attaqué Grapp. Il a déchiré mes dessins. Le salopard ! Moi, j'essayais de l'empêcher de faire ça mais il arrachait tout. Je suppliais maman de m'aider à l'arrêter mais elle disait juste :

– Calme-toi, chéri !

Frank foutait tout en l'air. Il a dit :

– Voilà ce que j'en fais, moi, de ces horreurs gribouillées avec ce monstre qui dévore des gens !

Dommage que Grapp dormait, sinon, il aurait arraché la tête de Frank et il l'aurait croquée comme une pomme. Puis Frank a dit des tas de méchancetés à maman :

– C'est à cause d'elle que tu veux pas qu'on ait un enfant !

(Ben commence déjà par mieux t'occuper de ceux qui sont déjà là, pauvre nul !) Et :

– Je vais la foutre en pension ! C'est elle ou moi !

Après, il y a eu plein de disputes, tous les jours. Et maman pleurait et moi aussi. On a reçu des courriers sur des pensions qu'avait demandés Frank par téléphone. Mais Frank a commis une terrible erreur. Il aurait pas dû attaquer Grapp (ça, encore, Grapp, il s'en fout de ce petit merdeux) mais surtout, Frank aurait pas dû m'attaquer moi. Du coup, Grapp s'est vengé.

Parce que les dessins de Grapp, Frank risquait pas de tous les déchirer vu que j'en ai planqué plein la maison (et même ailleurs mais je vous dis pas où). Genre par exemple, maman va enlever la poussière de vieilles tasses de famille qui servent jamais et elle tombe sur un Grapp-crocodile caché au milieu d'une pile de sous-tasses.

Parce que je suis pas débile ! Je voulais être sûre que personne pourrait détruire tous mes dessins et me séparer de mon Grapp adoré. Tu t'attendais pas à ça, hein, Frank ?

C'est avant-hier après-midi que ça s'est passé. Maman était à son travail et Frank dormait à la maison (parce qu'il avait patrouillé la nuit dans les bureaux où il fait la sécurité). Moi, j'étais consignée dans ma chambre (« consigné », ça veut dire que t'es en prison chez toi : ordre de Frank qui disait que sinon, je faisais du bruit et je le réveillais). Grapp s'est laissé tomber d'un dessin que j'avais sorti de sa cachette pour décorer mes murs vides. Il a grandi, grandi, grandi jusqu'à devenir énorme. Il était immense avec des bras tout musclés, si longs qu'ils touchaient par terre, pliés par plein d'articulations et armés de griffes grandes comme des lames de couteaux. Ses dents triangulaires étaient disposées sur plusieurs rangées. Il était protégé par des os en forme de plaques et une peau très épaisse comme les dinosaures. Ses yeux surmontaient son crâne gigantesque et voyaient partout à la fois. Sa peau changeait de couleur pour le camoufler, comme les caméléons. C'était l'une de ses formes de guerre. Il est devenu blanc, comme mes murs, si bien qu'il était presque invisible.

Sans faire de bruit, on est allés tous les deux dans la chambre de Frank et maman. Frank ronflait mais je le voyais à peine parce qu'il avait tiré les rideaux. Grapp s'est avancé. Il est devenu couleur obscurité pour mieux surprendre Frank. Frank a grogné, a bougé nerveusement et a allumé sa lampe de chevet. Du coup, Grapp était tout noir au milieu de la pièce éclairée, comme s'il s'était roulé dans du charbon. Ça l'a énervé alors il a pris une teinte rouge homard tandis que Frank se mettait à hurler en le voyant, la bouche incroyablement ouverte et les yeux écarquillés.

Quand maman est revenue, je l'attendais dans le couloir. Je lui ai juste dit :

– Maman, Grapp a tué Frank.

Elle a lâché ses paquets de courses et il y a eu un bruit de verre brisé. Elle s'est exclamée : « Oh mon Dieu, non ! » et elle s'est précipitée sur moi. Elle avait peur que je sois blessée vu que le sang de Frank m'avait giclé dessus. Elle m'a déshabillée (même si je voulais pas parce que j'aime pas être vue toute nue) pour s'assurer que j'allais bien. Puis elle est allée voir Frank. Pourtant, je l'avais avertie que Grapp l'avait pas loupé, celui-là. Elle est revenue en titubant, très pâle. Elle s'est agenouillée devant moi et elle a posé ses mains sur mes épaules.

– Jenny, Grapp a tué Frank.

C'était bizarre parce que maman avait parlé d'un ton qui avait l'air de dire qu'elle pensait pas ce qu'elle disait.

– Je sais. Toi, tu croyais qu'il existait pas mais moi, je savais bien que oui.

Maman s'est mise à pleurer.

– C'est Grapp qui a tué Frank, Jenny, tu m'entends. Répète-le !

Je l'ai répété. Maman m'a ordonné de le répéter encore. Et encore, et encore. Alors moi, toute la soirée, j'ai répété que Grapp avait tué Frank. Pendant ce temps, maman nettoyait la maison pour faire partir le sang. Elle a enroulé le cadavre de Frank dans le tapis du salon, arraché la moquette tachée, frotté les murs, enlevé ce qui était dégueulassé de sang… Et elle me disait :

– Je suis désolée, Jenny. Tout est de ma faute. Je te jure que je m'occuperai toujours de toi. Mais il ne faut jamais parler à personne de ce qui s'est passé.

Ensuite, maman m'a obligée à brûler tous mes dessins de Grapp, même les cachés. Moi, je voulais pas. Je lui ai expliqué que Grapp pourrait plus jamais revenir si on faisait ça. Mais maman disait que Grapp avait tué quelqu'un, qu'il était devenu dangereux (n'importe quoi !) et que si les policiers le trouvaient, ils le tueraient (ça, par contre, c'était pas n'importe quoi parce que, même si Grapp en boulottait plein, il y en aurait toujours de plus en plus, et aussi des cracks, ceux tout noirs avec des casques et des gilets pare-balles, comme dans les séries télé). Alors on a brûlé les dessins dans la cheminée. Puis maman a mis les objets tachés et le cadavre de Frank dans le coffre de sa voiture, dans le garage. Elle m'a couchée et elle m'a dit :

– Dors, ma chérie. Ne pense plus à ça. Cette nuit, je sortirai avec la voiture pour… pour…

– Pour tout virer, j'ai dit.

Maman m'a serrée très fort dans ses bras.

– Oui, pour tout virer. Je te promets que, désormais, on va passer plein de temps ensemble et que je serai la meilleure maman du monde.

J'ai dit :

– Mais tu es la meilleure maman du monde.

Maman a éclaté en sanglots puis elle est restée à me tenir la main jusqu'à ce que je m'endorme. Le lendemain, c'était comme s'il s'était jamais rien passé.

Maman a fait tout disparaître pour protéger Grapp et pour que la police vienne pas nous embêter. Des policiers sont venus mais pas longtemps vu que maman leur a fait croire que Frank était parti après une dispute. Comme c'était déjà arrivé deux ou trois fois… Depuis, maman a arrêté son travail. On mange des glaces, on loue des DVD, on va au ciné, on fait des courses et des super balades à vélo… La vie est géniale !

Je le vois plus, Grapp. Mais, même si c'est mal, j'ai menti à maman. Il reste encore un dessin de Grapp enterré dans une boîte à biscuits, au fond du jardin. Je le garde au cas où un autre gros salopard viendrait séduire ma maman pour nous séparer toutes les deux et être méchant avec moi.

La chute du monde moderne

Cette nuit-là, je roulais trop vite et pourtant les arbres qui bordaient la route me paraissaient défiler au ralenti. Conduire de nuit donne une impression de tranquillité rassurante. Mais ce n'est qu'une illusion car, statistiquement, on a bien plus de risques de se tuer. C'est un peu comme la surface lisse d'un fleuve qui cache un puissant courant. Moi, c'était exactement la même chose. J'avais l'air serein, comme une route s'enfonçant dans la nuit ou comme la surface d'un fleuve. Mais au fond de moi, quelque chose était en train de chuter.

J'attrapai un CD au hasard dans la boîte à gants pour le faire avaler à mon autoradio. Une lame de fond de *heavy metal* balaya l'habitacle et moi, j'accélérai encore. Je levais fréquemment les yeux vers les étoiles, comme un papillon qui aurait été attiré non pas par la lumière mais par la nuit. Pourtant, la route slalomait entre les montagnes et, en la quittant des yeux, je risquais plus de bondir dans un ravin qu'en direction de la voûte céleste.

Je travaillais dans une zone commerciale périphérique, à quelques miles de Boulder, Wyoming. Je vendais des voitures dans un grand bâtiment dont les parois étaient en verre afin d'attirer les regards des clients. Je me sentais comme un poisson dans un aquarium sans eau. Je gagnais un salaire moyen et, comme la vie est chère, je me crevais finalement au boulot pour me priver de presque tout lors de mes rares moments de liberté. Je me consolais en me disant qu'il y avait plein de gens bien plus malheureux que moi. Je détestais vendre des voitures. J'en avais marre que mes supérieurs me fixent des objectifs de vente complètement irréalistes. J'étais fatigué d'être stressé en permanence, de mal dormir la nuit, de me faire jeter par des petits chefs… J'avais l'impression d'être un nageur emporté vers le large par le courant, d'être un automobiliste coincé dans un interminable embouteillage et qui venait de se rendre compte qu'en plus, il avait pris la mauvaise direction…

J'augmentai le son. Des guitares électriques emballées déchirèrent l'air pour venir vriller ma tête. Mais elles ne parvenaient pas à ralentir ma chute. C'était apparu comme ça, un matin. J'étais arrivé au travail, en avance d'une heure parce qu'il allait y avoir des licenciements et qu'il fallait donc montrer qu'on était « un battant », « un gagneur », « un vendeur d'élite ». Parce que si on ne l'était pas, on allait vite devenir un chômeur. Bref, j'étais arrivé en avance et je savais que je partirais deux ou trois heures plus tard que prévu, comme tous les autres employés. Heures sup non payées, bien sûr. Comme les autres employés, évidemment. Et puis, tout à coup, alors que mon chef criait après moi parce que notre équipe avait raté le titre d'« équipe du mois », j'ai ressenti une impression de chute. C'était à l'intérieur de moi. C'était comme si je m'étais senti en train de chuter dans un abîme tout en continuant pourtant à me savoir immobile.

Cela s'était reproduit. Plusieurs fois. C'était une sensation effroyablement désagréable. On avait l'impression qu'on tombait de la fenêtre d'un building et que notre corps allait voler en éclats sur le bitume. Mais le bitume n'arrivait jamais. La chute pouvait durer quelques secondes ou quelques minutes. Parfois plus. Parfois beaucoup plus. Elle cessait brutalement. Il n'y avait pas de choc. Elle disparaissait, c'est tout. Mais elle pouvait renaître aussi vite. Au début, les chutes étaient déclenchées par le stress, la fatigue, une engueulade, une très mauvaise nouvelle… Seulement maintenant, il leur arrivait de venir toutes seules. Comme si la frustration continue qu'était ma vie suffisait à me jeter dans cet abîme impalpable. Quand la chute démarrait, il fallait à tout prix trouver un moyen de l'arrêter. Parce que, autrement, on devenait probablement fou. Cette nuit, j'en avais ressenti une. J'étais chez moi, devant mon poste de télé, à regarder un film débile. J'étais seul. Je n'arrivais pas à suivre l'histoire. Je pensais aux ventes que j'avais loupées, à mes quotas qui étaient dans le rouge… Elle était arrivée comme ça, par surprise, telle une vague violente qui vient vous frapper par-derrière alors que vous nagiez tranquillement. Je suis sorti pour faire un tour en voiture. Rouler, changer d'air, voir d'autres paysages : en règle générale, cela faisait cesser la chute. Mais pas celle-là. Celle-là, cela faisait plus de cinquante minutes que je la ressentais et elle allait en s'accélérant.

J'ai tourné ici ou là, de temps en temps, plus pour découvrir de nouveaux paysages que pour réellement me perdre. Un panneau m'indiqua que j'arrivais à Grinderson. Va pour Grinderson. J'aperçus sur ma droite un vaste parking et une station-service éclairée. On aurait dit un îlot lumineux situé au cœur d'une mer de bitume. Plus loin, il y avait une zone commerciale plongée dans l'obscurité. Le lendemain, des centaines de types comme moi iraient faire semblant d'injecter un peu de vie là-dedans le temps d'une journée. Je braquai le volant. Il était temps de faire le plein d'essence, de nourriture et de soda. Peut-être que ce plein-là remplirait le vide qui m'habitait et, sans vide, il ne pouvait plus y avoir de chute.

Je remplis le réservoir avant d'aller errer dans les rayons du magasin. C'est fou comme la société de consommation est bien pensée. Parce que si vous prenez un type comme moi qui ne gagne pas énormément et qui commence à avoir des crampes d'estomac dès le 20 du mois, eh bien rien à faire, vous lâchez le type en question dans une épicerie un peu fournie et, même s'il ne voulait acheter qu'un soda et deux sandwichs, il se retrouve avec des tas de trucs plein les bras. Tiens ! J'allais goûter la nouvelle boisson énergétique anti-fatigue mentale. Waou, de la crème de crabe écossaise aux épices ! Moi qui adorais le crabe, je la pris. Même s'il y avait écrit « recette écossaise traditionnelle » en doré sur l'étiquette et *« made in Taiwan »* en tout petit quand on retournait le pot. Une boisson relaxante à base de camomille et de verveine ? J'allais goûter, il fallait que je me relaxe. Des sushis ! J'adorais les sushis. J'en pris une boîte. Mes sandwichs ? Tiens, comme par hasard, ils étaient juste à côté du rayon des glaces. Allez, une glace en pot et puis c'était tout. Ah mais je n'avais pas vu qu'il y avait aussi des « sandwichs » indiens. Je tendais la main vers un « naam poulet tikka » lorsque les sandwichs explosèrent, projetant des débris d'aliments et de plastique dans toutes les directions. Je restai bête, l'esprit vide. Heureusement, mon corps pensa à ma place et se jeta par terre. Je vis un vigile qui courait dans ma direction, le pistolet à la main, courbé pour rester à l'abri derrière le rayon des sauces. Une forte détonation éclata. Fusil à pompe. Elle me rappela qu'il y en avait eu une autre, un instant plus tôt, quand les sandwichs avaient été pulvérisés. Les pots, les tubes et les bouteilles en plastique de tomate et de moutarde furent balayés, emportés et disloqués en même temps à quelques centimètres du vigile qui s'effondra en hurlant.

– Je l'ai eu ! Je l'ai eu ! hurla une voix de l'autre côté des rayons.

– Eh ben va vérifier ! lui répondit une voix surexcitée.

– T'es malade ? Vas-y toi-même !

– Bon, laisse tomber et couvre-moi. Toi, la caisse !

Je contemplai le vigile. Il gémissait et pleurait. Sa souffrance contrastait désagréablement avec la musique entraînante que diffusaient les baffles du magasin. Il était allongé sur le ventre, la tête appuyée sur son bras droit. On aurait dit qu'il n'était plus qu'un corps écorché vif mais il devait être moins grièvement touché que ça. C'était à cause des bouteilles brisées et des packs éventrés qui laissaient dégouliner sur lui du ketchup et de la sauce tomate depuis les rayons.

– Magne-toi ! Ou je te fais maigrir de dix kilos avec une seule cartouche dans le ventre ! piailla la voix du plus agité des deux.

J'étais toujours à plat ventre. L'arme du vigile s'était échappée de sa main durant sa chute et était venue s'arrêter à mi-chemin entre lui et moi. Elle gisait au milieu d'une étendue de sauce BBQ. C'était un pistolet chromé. Le barillet me paraissait volumineux et les balles qu'il contenait, épaisses et potentiellement incroyablement destructrices. Ma main se déplaça lentement dans sa direction, en frottant sur le sol. Lorsqu'elle entra en contact avec la large flaque de sauce, elle glissa et se mit à progresser beaucoup plus vite. C'était comme une invitation, un signe du destin pour me faire comprendre que je faisais le bon choix. Ou alors, c'était ce que je me disais pour faire taire mes dernières craintes et mon reste de culpabilité. Le vigile essaya de me dire quelque chose tout en secouant la tête pour me signifier « non ». Il ne parvint qu'à gémir un peu plus encore. Il était vrai que sa chemise continuait à s'imbiber rapidement de rouge alors que presque plus rien ne coulait des rayons. Ma main se referma sur la crosse et mon index vint se poser sur la détente. Je me levai en gardant les genoux fléchis, afin de rester dissimulé. L'arme me paraissait extrêmement lourde, plus lourde que moi, même. Parce que je me sentais léger, léger, léger ! La sensation de chute avait cessé ! Elle avait cessé !

Je marchai jusqu'au bout du rayon et là, je jetai un coup d'œil. Un type aux longs cheveux blonds, malingre et habillé de noir, était en train de remplir un sac de sport de CD. Il tenait maladroitement dans une main un fusil à pompe à canon scié et le sac, et baladait son autre bras sur les étagères pour faire tomber le maximum d'articles dans sa besace. Il était complètement camé : il tremblait, renversait la moitié de sa récolte par terre et parlait tout seul.

– Trop bon ce groupe mais guitariste pourri ! Il sait même pas faire un riff correct !

Je me levai complètement et je m'engageai dans son allée. J'étais à découvert mais je m'en foutais. La chute avait cessé ! Je me sentais invincible comme un super héros de *comics* ! Comme un héros de cinéma revenu d'entre les morts et que les balles ne pouvaient plus blesser. Je marchai droit sur lui. Il me fixa et écarquilla les yeux. Pendant une fraction de seconde, il dut se demander si j'existais réellement ou si j'étais juste une méchante hallucination issue d'une cocaïne de mauvaise qualité. La terreur que je lus dans son regard renforça encore mon sentiment d'invincibilité.

– Putain ! Le vigile il est pas mort ! hurla-t-il tout en lâchant son sac.

Il voulut diriger son arme dans ma direction mais j'ouvris le feu. Je n'étais plus très loin de lui et je tirais tout en pressant le pas pour me rapprocher plus encore. L'une de mes balles l'atteignit à l'estomac et le traversa de part en part comme du beurre. Par réflexe, son index se crispa sur la détente de son fusil mais, comme il n'avait pas encore eu le temps de diriger le canon dans ma direction, la décharge ne fit que pulvériser à bout portant des rangées de CD. Il partit brutalement en arrière à cause du recul de son arme auquel il ne s'attendait pas et qu'il était de toute façon trop affaibli pour encaisser. Son dos vint heurter le rayon d'en face. Je le criblai de balles, je le mis dans le même état que le vigile sauf que là, il n'y avait aucun ketchup sur lui. Une ombre apparut à l'autre extrémité du rayon. J'eus juste le temps de plonger à plat ventre derrière le corps de l'homme que je venais de tuer. La détonation fit trembler mon univers mental et je dégringolai de mes illusions pour retomber dans la réalité. QU'EST-CE QUE J'AVAIS FAIT ?

Pourquoi m'étais-je mêlé de ça ? J'allais crever comme un chien ! Mon index n'arrêtait pas de presser la détente, faisant tourner à toute allure le barillet avec un bruit de cliquetis. Mon cerveau avait beau me crier que j'avais vidé toutes mes balles sur le premier braqueur, mon doigt s'acharnait à tirer, comme si une douille allait finalement avoir pitié de moi et se retransformer en cartouche. L'autre assaillant cassa en deux son fusil de chasse pour le recharger. Il n'avait que deux coups. C'était lui qui avait dû tirer sur les sandwichs puis, comme il braquait la caissière et les autres clients, il n'avait pas pris le risque de recharger devant eux. J'attrapai le fusil à pompe du cadavre. J'éjectai la cartouche vide, je réarmai et je tirai. L'autre braqueur avait vu mon geste et avait commencé à courir pour se mettre à couvert mais, comme mon arme était à canon scié, la volée de plombs s'éparpilla en un large nuage et emporta tout sur son passage : les produits exposés aux extrémités des rayons, mon adversaire, le présentoir de cartes routières qui se trouvait derrière lui... Il n'était pas mort mais il était mal en point. Moi, j'étais maintenant complètement revenu dans la réalité. Mon cœur battait tellement vite. Cela me paraissait impossible qu'il batte aussi vite. Chaque pulsation me faisait penser au wagon d'un train qui serait passé à toute allure. J'accomplissais tous les efforts du monde pour contracter mes boyaux et ma vessie afin qu'ils ne répandent pas leur contenu dans mon pantalon. Mon regard se posa sur l'homme que j'avais tué. Son cadavre était encore plus abîmé que tout à l'heure parce qu'il avait arrêté une partie des plombs tirés par son complice. Il avait les yeux grands ouverts et une expression de surprise effrayée sur le visage.

La police est arrivée un peu plus tard. On m'a d'abord arrêté et hospitalisé – menottes aux poignets – parce que j'avais quand même reçu des plombs dans les mollets et le bras gauche. Je n'avais rien senti sur le coup mais, quand l'émotion du moment est retombée, alors là… C'est incroyable comme un minuscule bout de plomb peut vous faire souffrir ! Dès que la police eut visionné les enregistrements des caméras de vidéo-surveillance et fini d'interroger les témoins, elle me relâcha en me présentant ses excuses. J'ai été interviewé par des journaux et des télés locales. J'ai dit que j'avais agi ainsi car, autrement, ces hommes auraient achevé le vigile et auraient peut-être tué d'autres personnes... Dans une Amérique plongée dans la violence, j'ai fait un tabac. On a parlé de moi pendant quinze jours puis j'ai été détrôné des médias par d'autres coups de feu, d'autres héros, d'autres victimes et d'autres pleurs.

Tout ça, c'était il y a deux mois et demi et, durant tout ce temps, j'ai été heureux. Tout le monde était plus sympa au travail, on ne me harcelait plus sur les ventes, les gens de mon immeuble me souriaient quand ils me croisaient dans les couloirs... Seulement peu à peu, imperceptiblement, les choses sont redevenues comme avant. Et, avant-hier, la chute est revenue. Elle est toujours là. Cela fait cinquante et une heures et trente-trois minutes qu'elle dure. Il faut qu'elle cesse ! Je roule dans la nuit. Sur le siège avant sont posées les armes que je viens d'acheter, deux pistolets et un fusil à pompe du même modèle que celui qui m'a sauvé la vie.

Faire boire le désert

La chaleur était telle qu'elle évoquait une boue brûlante collée à la peau. Les gardiens n'accomplissaient aucun effort et portaient des chapeaux à large bord qui les protégeaient du soleil. Les prisonniers, eux, tête nue, suffoquaient. Ils nettoyaient l'Interstate 8 et ses abords, l'autoroute qui reliait l'Arizona et la Californie. Les pieds entravés par des chaînes, ils ramassaient les paquets de cigarettes, les mégots, les papiers, les canettes, les animaux écrasés que le soleil changeait en amas putrides… Ils étaient vêtus de combinaisons rouge vif et, avec l'air rendu trouble par la chaleur, on avait l'impression d'apercevoir des silhouettes en flammes. Tout autour d'eux, le désert s'étendait à perte de vue.

Jérémiah, la face tournée vers le ciel, finissait une bouteille d'eau. Dès que celle-ci fut vide, il la jeta dans son grand sac en plastique noir. José n'arrivait même pas aux épaules de Jérémiah. Comme les gardiens lui avaient confisqué la croix qu'il portait en pendentif – de peur qu'il n'étrangle un codétenu avec la chaîne –, il s'était fait tatouer un Christ sur le bras.

– Quand tu penses fort à la mer, mais vraiment fort, tu la vois. Même si elle existe pas. Du coup, tu as l'impression d'être à la plage et tu te sens mieux.

Jérémiah attaqua une seconde bouteille. José lui sourit.

– T'inquiète pas, gringo, tu vas t'habituer. Dans deux semaines, t'auras plus l'impression d'avoir de la fièvre. Deux semaines de plus et tu marcheras pas trop mal avec les chaînes. T'en as pris pour combien ?

– Je suis innocent, moi.

– Oui, moi aussi. Je venais d'immigrer clandestinement aux USA quand je me suis fait coincer par un frontalier. J'ai tenté de fuir, ça s'est mis à tirer et le flic est mort. Mais bien sûr, c'est pas moi qui lui ai tiré dessus, c'est un autre type que la police a pas retrouvé.

J'ai écopé de vingt-quatre ans. Madone ! Au Mexique, la vie d'un flic, ça vaut dix ans et encore, si c'est un gradé… « La culture américaine est une culture policière », voilà ce qu'a dit mon avocat durant mon procès. Je suis une victime de la culture policière.

– Moi, j'ai été pris dans une fusillade. J'ai écopé de six ans.

José écarta les bras. Il embrassait l'immensité du désert.

– C'est tout ? Et tu tires une tronche pareille ? Ça fait à peine dix-huit allers-retours sur l'Interstate 8.

Jérémiah contempla l'autoroute. La bande de bitume rayait sans fin l'ocre jaune poussiéreux du désert. Il eut envie de fondre en larmes mais se retint. Malheur à celui qui montrait des signes de faiblesse dans un monde de taulards psychopathes.

– Dis-moi, José, on doit être à une trentaine de miles de la frontière avec chez toi, non ? C'est quoi, trente miles ?

José émit un rire qui ressemblait à une joyeuse quinte de toux.

– Avec les gardiens tout autour de nous et trente miles de désert, gringo, dis-toi bien qu'ici, on est plus proches de la lune que du Mexique.

Il brandit par la queue un caméléon desséché et le laissa chuter dans le gouffre noir de son sac en plastique.

– Si tu tentes de t'enfuir, gringo, c'est ton cadavre que je soulèverai par un pied pour le laisser tomber dans mon sac.

Jérémiah s'obstinait à croire qu'il allait réussir à s'enfuir. Mais, dans toutes les directions, il apercevait la silhouette d'un gardien. La plupart étaient armés de fusils à pompe, offrant l'image incarnée de la dissuasion. Quelques surveillants montaient des chevaux, des bêtes superbes à la robe marron lustrée. Leurs sabots immobiles piétinaient tout espoir de fuite.

– Quelle bande de branleurs, ils se croient dans un western ou quoi ?

– Ouais. Et les Indiens, c'est nous, s'esclaffa José. Allez, courage, plus que trois heures à faire boire le désert.

Devant l'air étonné de Jérémiah, il ajouta :

– Tu connais pas encore l'expression ? Vu toute la sueur qui dégoutte de nous, on appelle le ramassage des ordures « aller faire boire le désert ». C'est de l'humour de taulards. Tu verras, dans un an, ça te fera hurler de rire.

Comme ramasser des détritus n'accapare pas l'esprit, Jérémiah se remémora une fois de plus le drame qui avait fait basculer la vie de tant de gens, dont la sienne. Il aurait voulu penser à autre chose mais ce souvenir s'imposait régulièrement à lui. Cela s'était déroulé ainsi durant ses onze mois de détention préventive. Cela continuait avec sa condamnation. Il ne se demandait même plus si cela s'arrêterait un jour.

*

La voiture filait à toute allure sur une route d'État. Devon accélérait et freinait sans arrêt. Il éclatait de rire en voyant les cartouches rouler dans tous les sens sur les cuisses de Jérémiah et chuter à ses pieds. Celui-ci, les gestes rendus fébriles et imprécis par la cocaïne, n'arrivait même pas à remplir le magasin de son fusil à pompe à canon scié. À l'arrière, Tyler inhalait autant de cocaïne que possible.

– Vous êtes prêts ? hurla Devon.

Tous appliquèrent des masques de farces et attrapes sur leur visage. Devon braqua et la voiture dévala trop vite la bretelle avant de s'immobiliser dans un nuage de poussière devant une station-service. Ils jaillirent de leur véhicule en pointant leurs armes droit devant eux. Un barbu qui venait d'apparaître dans l'encadrement de la porte battit en retraite. Ils investirent le magasin. Devon se précipita vers la caisse tandis que Jérémiah prenait le contrôle des clients. Tyler bloquait l'entrée et surveillait l'autoroute. Devon était surexcité. Il avait pris un *speed ball* puis un « anti-fatigue » à base d'ecstasy et de LSD. Il avait commencé à se droguer dès l'âge de quinze ans alors, à vingt-six, il lui fallait tout mélanger pour ressentir quelque chose. Il oscillait d'un pied sur l'autre ou se précipitait sur un otage, allongé et pétrifié, et lui hurlait :

– Bouge pas !

Jérémiah compta huit clients et deux employés. Il avait peur. Pas peur de se faire tuer car la cocaïne lui conférait un sentiment d'invincibilité mais peur que quelqu'un soit tué. Avec Tyler et Devon, ils se livraient à mille petits trafics afin de se fournir en drogue. Mais, parfois, ils n'avaient plus assez d'argent. Alors ils consommaient leurs dernières réserves de poudre et ils allaient braquer un magasin. Jérémiah s'était juré de ne faire cela qu'une seule fois. Parole de cocaïnomane : c'était son douzième braquage. La cocaïne était toujours plus forte que lui. Elle était sa maîtresse, il faisait n'importe quoi pour elle à part tuer et se prostituer. Le caissier lâchait des poignées de billets dans le sac à dos que Devon avait jeté sur le comptoir. Il était maladroit, en faisait tomber, se baissait pour les ramasser… Tyler avait quitté son poste et, le masque légèrement soulevé, engouffrait des glaces.

– Garde c'te bon Dieu de porte, Tyler ! ordonna Jérémiah.

Un magma glacé s'agita dans la bouche de Tyler, faisant remuer des bâtonnets entre ses lèvres.

– Faut que je me refroidisse, j'ai le cerveau en surchauffe.

Jérémiah crut qu'il avait une vision, comme les chamans indiens d'autrefois. Un gigantesque serpent scintillant se déplaçait sur l'autoroute. Sa tête s'immobilisa et son corps trop étiré commença à se contracter, rapprochant à la queue leu leu ses anneaux rouges, blancs et bleus. Un quetzalcoatl aux plumes d'acier et de lumière.

– Les flics ! Les flics ! Les flics ! répétait Tyler en laissant s'écouler des traînées de vanille et de chocolat sur son menton.

– Fumiers ! Vous avez déclenché une alarme silencieuse ! vociféra Devon.

Jérémiah continuait à fixer les véhicules de patrouille, trois de la police routière et deux du shérif du comté. Il voulait revoir le serpent multicolore, parce qu'il était persuadé que ce Dieu allait lui indiquer un chemin à suivre… Une détonation secoua ses tympans. La vitrine du mini supermarché s'effondra sur elle-même en dix mille fragments. Devon réarma son fusil et fit feu plusieurs fois de suite sur les policiers. Les voitures s'étaient arrêtées sur le bas-côté de l'autoroute et des silhouettes noires se retranchaient derrière elles. On apercevait tantôt une tête, tantôt un bras et une tête. Un bruit claqua, plus sec et plus aigu que les détonations de Devon. Tyler s'écroula. Il avait une petite tache rouge au niveau du cœur. Jérémiah se mit à couvert derrière un rayon de boissons. Devon le rejoignit en courant, cassé en deux.

– J'ai plus de cartouches !

Devon s'empara du fusil de Jérémiah et jaillit de derrière un présentoir comme un diable hors de sa boîte. Il voulut tirer mais le percuteur ne rencontra aucune amorce. Il arma le fusil mais n'obtint qu'un « clic » sans effet. Une série de lueurs crépita depuis les capots des véhicules de police et tout se mit à exploser autour de Devon. Des rangées de canettes de bière se transformaient en geysers de mousse, des pans entiers de présentoirs étaient pulvérisés, des conserves éclataient, tressautaient ou étaient projetées en l'air, le freezer des glaces était mâché par les plombs… Devon se remit à l'abri. Son masque et son tee-shirt avaient été criblés par des débris de tout et de n'importe quoi et laissaient s'écouler du sang.

– Crétin ! Ton arme est pas chargée !

– T'arrêtais pas d'accélérer et de freiner… Et puis tu disais toujours que les armes, c'était juste pour l'effet psychologique…

– Ouais, ben tu vas voir ma nouvelle arme psychologique.

Devon empoigna l'automatique passé à sa ceinture et l'arma bruyamment en crucifiant les otages des yeux. Tous étaient à plat ventre. Certains pleuraient. Ils étaient collés par grappes ou éparpillés, se tassant contre des abris de fortune. Devon se faufila entre les rayons et les décombres en prenant soin de ne jamais se retrouver à découvert. Depuis l'autoroute, une voix s'adressait à eux par haut-parleur. Elle disait que tout pouvait bien se terminer, qu'il suffisait de poser les armes et de sortir les mains en l'air, que c'était la meilleure solution pour les otages, pour eux et pour leur famille.

– On croirait entendre mon père, murmura Devon. Dans deux minutes, il va nous dire que la drogue, c'est mal. Évidemment que c'est mal, sinon pourquoi j'en prendrais ? Débiles mentaux !

Jérémiah leva les bras et se mit à marcher mécaniquement vers la sortie. Devon ne faisait plus attention à lui. Il vidait des bidons d'essence, d'huile et d'alcool à brûler. Il s'éloigna de l'immense flaque dont les émanations envahissaient l'air et donnaient mal à la tête.

– On met le feu à ce foutoir et on profite de la panique pour se tirer.

Devon alluma son Zippo. Mais la peur et la drogue l'avaient rendu si confus qu'il n'avait pas réalisé qu'il s'était aspergé d'essence en vidant ses bidons. Sa main s'embrasa. Il hurla, la frappa contre son torse, se transforma aussitôt en torche humaine et disparut dans la bouffée de flammes qui engloutit le fond du magasin.

Les otages se ruèrent vers la sortie en hurlant. Jérémiah ôta son masque et se mêla à eux. La foule s'éparpilla à l'extérieur. Certains se précipitaient vers les policiers, d'autres gagnaient leur voiture ou filaient sans réfléchir le plus loin possible. Un break, démarrant précipitamment, faillit écraser un adolescent. Les policiers étaient tout aussi agités. Ils faisaient des grands gestes.

– Fuyez le parking, les pompes risquent d'exploser ! hurlait la voix dans le haut-parleur.

Au moment où Jérémiah atteignait l'autoroute, un bras le cravata, lui coupant net le souffle. On le fit trébucher et sa tête vint heurter l'asphalte brûlant. Quelqu'un lui tordait les mains dans le dos pour le menotter. Une autre personne le maintenait au sol en l'écrasant avec ses genoux et en continuant à l'étrangler. Jérémiah releva la tête. À quelques pas de lui, un garçon de six ans, le visage apeuré, le désignait de l'index.

– Il reste quelqu'un à l'intérieur ! cria une jeune Noire.

Le magasin était entièrement en feu. Derrière le comptoir, une employée agitait la main pour appeler du secours. Elle appliquait un chiffon sur son visage pour filtrer l'air. Soudain, l'édifice et le parking semblèrent n'être plus que la tête d'une allumette géante qui s'enflammait brutalement avec l'explosion des pompes.

*

Deux mois s'étaient écoulés. Deux mois sur six ans. Les journées se répétaient avec une exactitude exaspérante, comme les paroles d'un vieux disque vinyle rayé. Ce jour-là, Jérémiah faisait donc « boire le désert » avec une soixantaine d'autres détenus sous le regard attentif des gardiens. Un break ralentit près d'eux, ce qui inquiéta les surveillants. Un bras apparut à une fenêtre, se détendit et laissa tomber une canette sur la chaussée.

– Enculé ! Enculé ! piailla José tout en essayant de courir vers le véhicule pour le mettre en pièces à mains nues.

Mais, à cause de ses chaînes, il ne faisait que sautiller maladroitement. La voiture accéléra en faisant crisser ses pneus, soulevant un fin nuage de poussière. Le ronflement du moteur n'empêcha pas d'entendre le fou rire du passager. José, à bout de nerfs, demeura immobile pendant une longue minute, puis rejoignit Jérémiah.

Il remarqua alors la fébrilité qui gagnait prisonniers et gardiens.

– Qu'est-ce que c'est que ce bordel ? murmura Jérémiah.

Deux voitures parvenaient à leur niveau. Un peu plus loin, trois autres véhicules – un coupé sport poursuivi par deux voitures de police – arrivaient à toute allure. Les surveillants quittèrent l'ombre du car arrêté sur le bas-côté et se mirent à courir en tous sens en criant :

– Éloignez-vous de la route !

La première voiture, un break surchargé de paquets, ralentit. La conductrice craignait d'écraser un prisonnier. Le second véhicule, une décapotable, entreprit de la doubler. Son chauffeur paniquait en voyant dans son rétroviseur la course-poursuite se rapprocher dangereusement de lui. Le passager avant du coupé sport avait passé son bras par la fenêtre et tirait sur les véhicules de patrouille tandis que le conducteur tentait de se faufiler entre le break et la décapotable. C'était ça ou ralentir et se faire rattraper. Le passager avant réintégra complètement l'habitacle. Le coupé s'engagea entre les deux véhicules et percuta volontairement le break, dans l'espoir de déclencher un accident qui bloquerait la voie aux policiers. Le break partit sur le bas-côté. La conductrice donna un coup de volant pour revenir sur la route mais son véhicule, trop lourdement chargé, se retourna et enchaîna les tonneaux en fauchant au passage un prisonnier. Le coupé entra ensuite en collision avec l'arrière de la décapotable et expédia également celle-ci hors de la chaussée. La décapotable disparut dans des volutes et des volutes de poussière. Le passager du coupé recommença à tirer sur les policiers tandis que le chauffeur écrasait l'accélérateur. Le pare-brise de l'une des voitures de patrouille se constella de fissures et le véhicule dévia de sa file, obligeant l'autre patrouilleur à freiner brutalement en laissant des traces de gomme sur l'asphalte. Une détonation éclata. L'un des gardiens venait de tirer au fusil à pompe sur un pneu avant du coupé. Ce dernier se mit en travers de la route dans un furieux bruit de freinage, bascula, et partit à son tour dans une série de tonneaux, abandonnant sur la chaussée une multitude de débris. La panique était indescriptible. Les gardiens à cheval essayaient de calmer leurs montures emballées. L'un d'eux avait été désarçonné et gisait pitoyablement sur le dos, tenant en respect avec son revolver un groupe de prisonniers qui s'approchait de lui. Des détenus s'enfuyaient dans toutes les directions, parfois poursuivis par des surveillants qui tiraient en l'air. D'autres prisonniers avaient sorti les blessés de la décapotable et essayaient de la faire redémarrer. Le gardien qui avait stoppé le coupé hurlait des ordres à ses occupants tout en pointant sur eux son fusil à pompe. Mais plus personne ne bougeait à l'intérieur du véhicule retourné. Une flaque d'essence allait en s'élargissant autour de cette épave. Les policiers ne s'occupaient que de leur camarade blessé qui saignait abondamment. José courait dans le désert. Il criait :

– *México !*

Malgré ses chaînes, il se ruait vers son chez-lui qu'il n'atteindrait jamais. Jérémiah courait lui aussi. Il dépassa le corps désarticulé du prisonnier fauché par le break : un autre détenu le rouait de coups de pied. La conductrice avait été éjectée de son véhicule et, à quatre pattes, essayait de recouvrer ses esprits. Un homme d'une quarantaine d'années, en jean et T-shirt, tentait de s'approcher du break en flammes. Mais la chaleur était la plus forte et l'obligeait toujours à battre en retraite.

Jérémiah se précipita vers le brasier. Les flammes crépitaient, rongeant littéralement le moteur. Les pneus avant brûlaient en dégageant une épaisse fumée noire et nauséabonde. Jérémiah avait l'impression que toute la surface de son corps était en ébullition mais, paradoxalement, cette souffrance lui paraissait lointaine. Sa main se posa sur la poignée de la portière arrière. Il crut qu'elle explosait au contact du métal brûlant. Il parvint cependant à ouvrir. Sa paume et ses doigts ne se détachèrent de la poignée qu'au prix de l'abandon de lambeaux de chair brûlée. Jérémiah était attiré par les flammes comme un papillon par la lumière. Il ne fut pas surpris d'apercevoir un passager sur la banquette arrière. Pour lui, il y avait toujours quelqu'un au milieu de chaque brasier. Il prit dans ses bras la petite fille inconsciente. Elle devait avoir dix ans mais Jérémiah ne distinguait pas ses traits juvéniles ni ses boucles blondes. Lui voyait le visage de la jeune employée de la station-service. C'était elle, en fait, il y croyait tellement ! La tête lui tournait. La fumée l'empoisonnait. Il s'enfuit du véhicule en serrant l'enfant contre son corps. Ses bras et sa face étaient rougis et couverts de cloques. Il courait aussi vite que ses chaînes voulaient bien le lui permettre. Il finit par trébucher et s'effondra. L'homme qu'il avait aperçu près du break lui retira vivement l'enfant des bras en lançant :

– Lâche ma gosse, salopard !

Jérémiah était allongé sur le dos. Il sanglotait et riait à la fois. À quelques centimètres de son visage piaffaient les sabots du cheval d'un gardien.

Voix nocturnes

La route s'enfonçait en ligne droite dans les ténèbres. De part et d'autre, il n'y avait que le désert c'est-à-dire rien et, droit devant, d'après les panneaux, Las Vegas, mais pas avant plusieurs centaines de miles. La nuit était d'un noir si dense qu'elle évoquait un brouillard vorace avalant goulûment la lumière des phares. La radio avait diffusé toute la journée durant des avis de tempête à venir. Si les commentaires alarmés propagés par les ondes avaient fait rire certains, ces derniers devaient maintenant déchanter. Le ciel s'était progressivement couvert de lourds nuages gris et noirs en fin d'après-midi. La pluie était venue avec la nuit, comme si ces deux fléaux fossoyeurs d'automobilistes s'étaient entendus pour combiner leur action et s'assurer ainsi une plus grosse récolte d'accidentés. Les gouttes avaient d'abord commencé « gentiment ». Une petite ondée que balayait sans mal les essuie-glaces et qui ressourcerait les cactus pour le mois. Cela avait duré six bonnes heures. Puis, brutalement, le tonnerre s'était fait entendre et, depuis, des trombes d'eau tombaient continuellement du ciel, gênant la visibilité malgré le va-et-vient furieux des essuie-glaces. Les gouttes tambourinaient si violemment sur les carrosseries que l'on aurait cru que, ivres de rage de s'apercevoir qu'il y avait encore des lieux au sec, elles tentaient de perforer le métal en se jetant contre lui à pleine vitesse.

Will poussa un juron en apercevant trop tard une gigantesque flaque que venaient de lui révéler ses phares. Il freina mais sa large et lourde voiture, paradoxalement, accéléra. Aquaplaning : on dérape comme un skieur sur une plaque de verglas. Sauf que le skieur se casse la jambe alors que l'automobiliste se tue. L'arrière du véhicule commença à glisser vers la droite. Heureusement, les pneus avant retrouvèrent leur adhérence et Will put rétablir la situation. Il était évident qu'il aurait fallu ralentir voire carrément cesser de rouler. Will ne comptait plus les voitures arrêtées sur le bas-côté de la route, phares et feux de détresse allumés, attendant patiemment que la fureur de l'orage s'atténue. Il ne pleut que très rarement dans le désert mais, quand cela arrive, en règle générale, le ciel ne fait pas les choses à moitié et l'on doit supporter des déluges bibliques… Will continua cependant sa route à la même vitesse. Il avait sous-estimé la longueur de son trajet et craignait de rater son rendez-vous. Ses yeux clignèrent malgré lui. Il roulait depuis sept heures maintenant et il avait parcouru plus de quatre cent cinquante miles. Sept heures la tête vide et le regard perdu. Ses paupières s'abaissèrent à nouveau. Un long coup de klaxon le fit sursauter : sa voiture avait insensiblement dévié sur la gauche, menaçant de venir se frotter contre un cabriolet qui tentait péniblement de le doubler. Will donna aussitôt un petit coup de volant pour rectifier sa trajectoire. Tout en continuant à contempler la route, il toucha à tâtons le siège passager. Sa main se posa sur une carte routière, puis sur le métal froid du pistolet. Il déplaça encore sa paume et trouva enfin la thermos de café. Il en avala trois gorgées. Le breuvage était fort et tiédasse donc efficace mais infect. De toute façon, tout ce qu'il voulait, c'était rester éveillé et rouler le plus vite possible. Machinalement, il ralluma la radio, espérant que le bruit tiendrait en respect ses paupières. Il tomba sur de la country – musique qu'il jugeait entraînante mais kitsch et débile –, changea trois fois de suite de station et s'interrompit net.

– Merci, Michka.

– De rien, Brent. Et surtout, bonne chance. L'appel suivant nous vient de Teddy, qui habite dans le Vermont. Bonsoir, Teddy, quel est ton problème ?

Will était troublé par la voix de cette femme, cette « Michka » – si tel était bien son véritable nom – dont il n'avait jamais entendu parler. Cette voix était singulière, unique, et il avait l'impression qu'elle avait traversé avec une facilité déconcertante son esprit pour venir répandre ses échos au plus profond de lui, en un lieu de son âme qu'il ne croyait connu que de lui seul. Cette voix n'était pas douce, sensuelle, érotique ou quelque chose de ce genre. Non, son attirance pour celle-ci était tout autre. C'était une voix éraillée, bizarrement à la fois sûre d'elle et légèrement teintée de fragilité. La voix d'une personne qui avait vécu et que la vie n'avait pas toujours épargnée.

Teddy expliqua que son frère aîné se droguait et refusait d'arrêter. La famille avait tout tenté pour l'aider mais il continuait à sniffer de la cocaïne. Du coup, Teddy avait décidé de ne plus voir son frère mais sa décision le culpabilisait.

– Qu'est-ce que je dois faire, Michka ? Continuer à le voir et faire comme si je n'avais rien remarqué ou lui dire que je ne le reverrai que quand il aura arrêté ses conneries ? Je ne le supporte plus quand il est complètement stone, en train de rigoler et de parler à la télévision comme si elle l'écoutait !

– Tu sais, Teddy, il n'y a pas de réponse toute faite à ton problème. Il faut que tu essaies de soutenir ton frère, de lui faire comprendre que, s'il a besoin d'aide, il peut vraiment compter sur toi, que tu feras le maximum pour lui. Mais dis-lui aussi franchement que cela te fait souffrir de le voir sous l'emprise de la drogue, que tu as beaucoup de mal à supporter cela et que tu éprouves donc le besoin de mettre une certaine distance entre lui et toi, même si tu regrettes profondément cela. Et ne culpabilise pas vis-à-vis de cette réaction, elle est naturelle. On ne peut pas encaisser un coup pareil sans marquer le pas.

– Tu crois qu'il a des chances de s'en sortir, Michka ?

– Tout le monde a des chances de se sortir de tout mais ce n'est jamais facile.

– Merci, Michka.

– Au revoir. Et tiens-nous au courant, Teddy.

Will avait été surpris par la réponse. Il écoutait souvent la radio et, dans ce genre d'émission, on avait plutôt l'habitude d'entendre éternellement les mêmes réponses débiles du style : « Aide-le et il s'en sortira », « Il est grand, laisse-le vivre sa vie », « Si ton frère écoute l'émission, il va sûrement arrêter la drogue après t'avoir entendu »... Ici, la réponse lui avait paru pondérée, prudente et sage. Pas d'optimisme naïf et hypocrite, pas de verbiage stérile, pas de complaisance de mauvais goût recherchant les détails sordides, pas d'humour tournant tout en dérision... Mais ces explications, ces arguments étaient nettement insuffisants pour expliquer la fascination qu'exerçait cette voix sur Will. Il se sentait ensorcelé et tentait vainement de percer le secret de cette magie. Tout ce qu'il pouvait en dire, c'était que cette voix ne restait pas à la surface des mots mais il ne parvenait pas lui-même à saisir le sens exact de ses propres pensées.

La voix de Michka disparut temporairement, remplacée par des slogans publicitaires aussi bruyants qu'ineptes. Soudain, plusieurs lumières rouges apparurent presque en même temps dans la nuit. Will, trop fatigué, freina brutalement mais avec un temps de retard. Un horrible crissement de pneus lui glaça le sang. Il donna un coup de volant sur la droite pour éviter de s'encastrer dans un break qui venait de piler. La portière d'un quatre-quatre s'ouvrit devant lui mais sa voiture s'immobilisa juste à temps. À peu de chose près, il emportait cette portière et le bras de celui qui venait de l'ouvrir. Le passager bondit hors du véhicule malgré les trombes d'eau et se mit à l'invectiver tout en gesticulant. Will exécuta une marche arrière pour se dégager et entreprit de doubler la file des véhicules arrêtés. Il aperçut dans son rétroviseur le reflet rouge et bleu d'un gyrophare de police et ouvrit précipitamment sa boîte à gants dans laquelle il jeta son arme qu'il recouvrit de cartes routières. Le véhicule de patrouille le dépassa à vive allure par la voie d'arrêt d'urgence, aussitôt suivi de deux ambulances. Will poursuivit sa route. Un peu plus loin apparut un spectacle affreux. Trois véhicules s'étaient percutés au beau milieu d'une immense étendue d'eau. Un coupé s'était ainsi retrouvé pris en sandwich entre un break et un camion. Un homme d'une quarantaine d'années, le visage en sang, la chemise maculée, agitait les bras pour faire signe aux policiers. Ces derniers venaient tout juste de descendre de leurs véhicules pour secourir le chauffeur du break. Une jeune femme était encore assise au volant du coupé et sanglotait. Du sang tachait ses courts cheveux blonds. Will ralentit mais un officier de police lui intima l'ordre de poursuivre sa route. Il obéit. Des images qu'il ne connaissait que trop bien vinrent alors l'assaillir, des images surgies d'un passé qui s'accrochait éternellement au présent. Il rentrait du travail. Des agents en uniforme l'empêchaient de pénétrer chez lui et essayaient avec tact de lui expliquer quelque chose. Un sergent lui déclarait que quelqu'un avait pénétré chez lui et qu'un drame était survenu. L'auteur des faits venait d'être interpellé. Quel drame ? L'inspecteur allait venir lui parler, il était au courant de tout, il était la personne la mieux placée pour lui répondre… Une ambulance était venue se garer dans son jardin et on avait ramené vers elle un corps pudiquement recouvert d'une bâche. La vie de Will s'était écroulée ce jour-là, en un seul après-midi, parce qu'un cambriolage avait « mal tourné ». Il se demanda ce que Michka disait aux hommes qui avaient perdu leur femme.

L'animatrice revint sur les ondes quelques instants plus tard. Une certaine Karen l'appela pour lui déclarer qu'elle ne supportait plus sa solitude.

– Et qu'est-ce que c'est, pour toi, Karen, la solitude ?

– C'est de ne pas avoir de copain, de n'avoir personne avec qui aller au ciné, enfin… C'est quand on ne sait pas avec qui sortir.

– Tu peux ressentir les choses comme ça, Karen. Mais je crois que tu te trompes. La solitude, c'est quand on n'a vraiment personne avec qui partager les bons et les mauvais moments de la vie.

Will tendit la main pour changer de station mais retint son geste. Ces mots lui faisaient mal. Tout aurait été tellement plus simple s'il était resté sur la première station à écouter de la country.

– Il ne faut pas confondre solitude et célibat, ajouta Michka.

Sa voix avait une étrange façon de prononcer le mot « solitude ». Il y avait un sens profond, réel, derrière ce mot. Karen insista sur sa déception de ne pas avoir de petit ami. En fait, elle semblait avoir appelé pour que les garçons de son lycée qui écoutaient cette émission la contactent par la suite… Will eut l'impression qu'il était le seul auditeur à avoir vraiment compris la réponse de Michka.

Will écouta Michka parler durant plus d'une heure. Au petit matin, la pluie avait enfin cessé. Il s'arrêta sur le bord de la route : il était arrivé à destination. La voix était toujours là, mais plus pour très longtemps.

– Chers auditeurs, le jour se lève, c'est presque fini pour cette nuit. Peut-être encore un dernier appel…

Will coinça son portable entre sa joue et son épaule après avoir composé ce numéro qu'il avait entendu plus de dix fois, après chaque pause publicitaire. Durant les sonneries, il saisit le pistolet et ôta le cran de sûreté. Il contemplait l'immense bâtiment qui lui faisait face : le mur d'enceinte, lisse, élevé et surmonté de barbelés, les miradors qui le surplombaient, la haute porte métallique. Le pénitencier de Santa Lucia.

Une voix d'homme retentit dans le combiné et interrogea Will au sujet de ce qu'il désirait demander à Michka. Will répondit que lui aussi voulait parler de solitude. On lui demanda de patienter et ce détail le fit sourire. Patienter ? C'était ce qu'il faisait depuis sept ans déjà.

La gigantesque porte métallique commença à s'animer. Ses deux battants tournaient lentement sur leur axe, laissant peu à peu apparaître un homme en civil, immobile, encadré de deux gardiens en uniforme beige.

– Bonjour, qui est en ligne ?

C'était sa voix. C'était elle. Elle avait pris son appel. Il l'entendait à la fois dans le combiné et à la radio.

– Je m'appelle Will. Bonjour, Michka.

– Bonjour, Will. Je t'écoute : quel est ton problème ?

Will resta interdit pendant quelques secondes.

– Michka, est-ce que les démons qui nous rongent se taisent un jour ? Est-ce qu'ils arrêteront enfin, une fois pour toutes, de crier ?

Il y eut un bref silence.

– Tout ce que je peux te dire, Will, c'est que les miens hurlent toujours mais que j'ai appris à ne plus les entendre.

Will coupa la communication et éteignit la radio.

Le prisonnier s'avança timidement vers la sortie, comme si ce moment était trop beau pour être vrai. La fin de sept années d'enfermement pour homicide, on a du mal à y croire. Il gagna le véhicule qui était venu l'attendre. Il y avait son père et son oncle : Will les reconnut sans peine, il les avait souvent vus durant le procès. Will contempla son arme. Il avait quitté son domicile avec une résolution on ne peut plus claire mais, maintenant qu'il pouvait enfin agir, il lui semblait que sa vengeance avait perdu sa raison d'être. Ou plutôt, il venait de se rendre compte qu'elle n'avait jamais eu aucune raison d'être : tuer cet homme ne lui apporterait pas la paix et briserait une deuxième fois sa vie.

Il redémarra, manœuvra et entreprit d'effectuer en sens inverse le long chemin qui l'avait conduit jusqu'ici. Bien qu'encore couvert, le ciel commençait à se dégager.

L'exquise beauté des cafards

Il y a des moments dans la vie où quelques minutes extraordinaires ont le pouvoir d'effacer des années de souffrance. Ce fut ce qui m'arriva un 9 juin. Ce soir-là, j'eus le bonheur incomparable de dîner chez moi en tête à tête avec Shelley. Je sais, vous vous dites qu'effectivement, il est fort agréable de recevoir une jeune femme qui vous attire. Vous pensez deviner ce que je ressentais mais vous vous trompez. Car vous, vous avez un visage. Pas moi.

J'avais cinq ans quand mes parents se tuèrent dans un carambolage. J'étais sur la banquette arrière. Lorsqu'un automobiliste m'extirpa de la carcasse du véhicule, j'étais en flammes. Quand j'ai repris connaissance, j'étais immergé dans un bain antiseptique, dans un service de soins intensifs pour les grands brûlés. Aussitôt, la douleur m'a fait hurler. Être immergé, découvrir brutalement le monde et crier de douleur : ce fut ma deuxième naissance…

En dépit de nombreuses opérations – greffes de peau, greffe de cornées, chirurgie réparatrice… –, je suis un invalide. J'y vois mal car mes yeux ont été abîmés par le feu après que celui-ci eut fini de carboniser mes paupières. Je cache mon regard derrière des lunettes réfléchissantes, je me déplace avec une canne et j'évite de sortir. Ma face est indescriptible. Je n'ai plus de nez et plus d'oreilles. Mes lèvres se sont rétractées lors de leur cicatrisation, ce qui fait que mes dents sont visibles en permanence. Je porte une perruque châtain car j'ai été littéralement scalpé par les flammes. Ma peau n'est plus qu'une surface tourmentée par des crevasses, des sillons absurdes, des plis… Sa couleur est variable selon les zones : rose chair, rose pâle, blanc, bordeaux, brun, rouge… Je dissimule mes cicatrices sous un masque couleur chair aux traits inquiétants à force d'être immobiles. De même, j'utilise des gants et mon corps est toujours couvert de multiples vêtements, même au cœur de l'été. Mais, malgré toutes ces précautions, je fais peur aux gens. Ils me dévisagent, pressent le pas pour me dépasser et leurs enfants me pointent du doigt. J'ai donc déménagé pour une banlieue de Seattle. À Seattle, il pleut pratiquement toute l'année et les hivers sont glacés. Dans ces moments-là, j'ai le bonheur de redevenir un passant comme les autres, silhouette emmitouflée et dissimulée sous une capuche, un col remonté et un parapluie.

Durant des années, ma vie n'a été qu'une routine amère. Avec l'argent hérité de mes parents, je me suis acheté une belle maison dotée d'un grand jardin. Ce jardin est crucial pour moi parce qu'il regorge d'insectes, ma passion ! Je gagne ma vie en corrigeant l'orthographe de romans pour un éditeur. On m'envoie les textes par Internet donc je n'ai pas à rencontrer des gens. Je peux grossir les caractères afin de mieux les voir. Puis je retourne le tapuscrit par fichier joint et je reçois un petit mail de félicitations pour la qualité de mon travail (je ne sais pas si c'est sincère mais je fais semblant d'y croire car ce sont les seuls mails que je reçois et ils constituent une grande partie de ma vie sociale). Je sors quand il pleut (comme les escargots) ou quand il fait nuit (comme les cafards). Je vais toujours m'approvisionner dans la même épicerie, à deux pas de chez moi. Ça me coûte un peu plus cher que d'aller dans un hypermarché mais je déteste les lieux vastes et inconnus. Et puis, Betsy et Kaleb, les gérants, me connaissent. Ils m'aiment bien, ils me sourient et ils n'oublient jamais de me dire : « Salut, Louis, comment ça va ? Qu'as-tu regardé de beau à la télé, hier soir ? » Je parle un peu avec eux, on plaisante… Ils me connaissent tellement bien qu'ils vont reposer les produits que j'allais acheter par erreur (bon Dieu, pourquoi les fabricants utilisent-ils les mêmes couleurs et les mêmes formes d'étiquettes ?). Mon univers se résumait donc à ma maison, mon jardin, ma rue, l'épicerie de Betsy et Kaleb, le vidéo-club de Dan juste à côté, Internet et les mails de mon employeur. Bref, une vie de vieillard alors que j'ai vingt-deux ans. Jusqu'à ce que je rencontre Shelley.

C'était il y a deux semaines. J'étais chez Kaleb, en train d'essayer de lire des prix sur des étiquettes minuscules, lorsqu'elle m'a abordé. Elle a proposé de m'aider à faire mes achats. J'ai accepté mais j'étais sur la défensive. Ma vue ne me laissait entrevoir que le visage imprécis d'une femme de vingt-cinq, trente ans, probablement jolie (en tout cas, elle l'était dans mon fantasme) et de longs cheveux bruns qui lui arrivaient jusqu'aux épaules. Elle s'est mise à parler d'elle et j'ai apprécié parce que le silence m'aurait mis mal à l'aise et que je n'aurais jamais accepté de parler de moi (pour dire quoi, d'ailleurs ?). À la fin, nous nous sommes échangé nos adresses mail. Tous les jours, je recevais plusieurs de ses mots et je lui répondais aussitôt. Shelley me racontait qu'elle s'ennuyait, que son supérieur à la banque était un petit chef tyrannique et débile, qu'il fallait absolument que je signe une pétition pour sauver les séquoias géants de je ne sais plus où… Lorsque je voulais faire des courses, nous nous donnions rendez-vous chez Kaleb. Elle m'aidait et, en échange, je lui offrais quelque chose : une bouteille de porto, un panier surprise à ma façon (j'attrapais cinq boîtes sans regarder et ça la faisait mourir de rire, surtout le jour où je lui ai offert du mou pour chat)… Un soir, on s'est retrouvés à dîner en tête à tête. C'était allé vite, si vite. Mais elle avait insisté. Elle est arrivée vêtue d'une superbe robe mauve (je l'avais toujours vue en jean). Elle était séduisante au possible. Tandis qu'elle se promenait dans ma maison, je ne cessais de m'interroger sur elle. Que faisait-elle ici ? Que voulait-elle ? Pourquoi consacrait-elle autant de temps à quelqu'un comme moi ? Mais elle semblait insouciante. Elle laissait courir son index sur les innombrables livres de ma bibliothèque.

– Eh bien dis donc, qu'est-ce que tu aimes les insectes ! s'est-elle exclamée.

– Oui. Ils me fascinent.

Elle a longuement examiné ma collection de loupes, s'amusant à contempler ses doigts devenir titanesques sous les optiques. J'en possède une vingtaine dont la puissance est variable. Certaines sont volumineuses, d'autres minuscules et montées sur des systèmes type microscope ou loupe binoculaire. J'utilise également le nec plus ultra de la technologie : une caméra numérique qui peut grossir jusqu'à cinq cents fois. Les images obtenues s'affichent sur l'écran géant de mon ordinateur. Précision irréprochable des couleurs, respect des détails les plus infimes, capacité de stockage quasi illimitée des films… Shelley était mi-amusée, mi-intriguée.

– À quoi ça te sert, tout ça, Louis ? T'es une sorte de scientifique ?

– C'est pour étudier les insectes. Je te l'ai dit, ils me passionnent.

Elle a ri.

– Ne me dis pas que tu as des macchabées de cafards et de chenilles plein tes tiroirs ?

– Certainement pas ! Je les examine vivants. Il est hors de question que je leur fasse du mal.

– Vivants ? Yeurks… Mais qu'est-ce qu'ils ont de si intéressant ?

J'ai fait une réponse passe-partout du genre « chacun ses goûts, chacun ses couleurs »… En vérité, les insectes sont mes frères. Pratiquement chaque fois que quelqu'un en aperçoit un, il réprime une grimace où se mêlent la peur et le dégoût. Je déclenche souvent la même réaction… J'avais répondu à Shelley sans conviction. Ma préoccupation était si évidente que je n'eus même pas besoin de la formuler pour qu'elle y réponde.

– Tu sais, Louis, s'il y a bien une chose que je déteste, ce sont les types qui n'ont qu'une idée : coucher avec vous puis se tirer aussi sec. Moi, je veux de la sincérité et c'est ça que j'aime chez toi.

C'était trop beau pour être vrai. Même un idiot ne

serait pas tombé dans un panneau pareil. Mais j'avais tellement envie d'y croire. J'avais tellement BESOIN d'y croire. Alors j'y ai cru.

Elle m'a aidé à préparer le repas (un poulet à la Maryland : mon plat des grandes occasions) puis, après le dessert, j'ai balbutié :

– J'aimerais beaucoup que nous nous revoyions.

C'était nul. N'importe quel tocard se serait mieux débrouillé mais, sur le plan amoureux, je n'avais même pas l'expérience d'un tocard. Elle m'a répondu avec tout le naturel du monde :

– Mais qui te dit qu'il est l'heure que je parte ?

Sur ce, elle s'est levée, a passé ses bras autour de mon cou et m'a embrassé sur la bouche. Même à travers mon masque, je sentais sa peau. J'ai cru que j'allais mourir. Elle m'a embrassé avec de plus en plus de vigueur. Moins d'une minute plus tard, elle avait déjà ôté sa robe et déboutonnait ma chemise. Tout a failli s'effondrer à cause d'une dispute. Shelley voulait que j'ôte mon masque, mais j'ai refusé. Elle m'a menacé de partir aussi sec mais je suis resté ferme. Elle a fini par me dire que ça n'avait pas d'importance.

C'est au petit matin que ma romance a basculé dans le cauchemar. Une succession de lueurs m'a réveillé. On aurait dit des éclairs. C'étaient les flashs d'un appareil photo. Je me suis assis dans le lit. Shelley s'était rhabillée et me criblait de clichés. J'ai alors réalisé qu'elle m'avait ôté mon masque et mes gants. J'ai paniqué. Je ne supporte pas d'exposer mon visage. Je ne tolère même pas de le voir dans un miroir alors penser que Shelley pouvait le contempler en ce moment même… Je me suis caché derrière un oreiller tout en cherchant frénétiquement où il pouvait bien être. Shelley m'a arraché l'oreiller.

– Allez, Louis ! Un joli sourire !

Un flash a meurtri mes yeux sans paupières.

– Arrête ! ai-je crié.

Quand j'élève la voix, la salive coule entre mes lèvres mutilées et rend ma voix chuintante. Elle a éclaté de rire et m'a placé au centre de l'objectif en me lançant :

– Vas-y ! Refais-la-moi, celle-là !

Je me suis dissimulé sous un drap. Dire que j'étais chez moi ! Même ici, je me retrouvais acculé, obligé de disparaître comme un cafard qui file sous une plinthe.

– OK, c'est bon, a marmonné Shelley.

Je l'ai entendue ranger l'appareil dans son sac.

– Génial ! Tu sais, Louis, mon fantasme, c'est de sortir avec les mecs les plus crades possible : clodos destroy, punks qui se sont pas lavés depuis des semaines… Mais toi, t'es vraiment le roi ! Tes photos auront une place d'honneur dans mon album souvenir.

J'aurais pu pleurer. J'aurais dû, en fait. C'est dangereux, un homme qui souffre mais qui n'arrive pas à pleurer.

– Pourquoi, Shelley ?

– Pourquoi ? Parce que c'est mon fantasme et que les fantasmes, y a vraiment que les psys pour les expliquer.

– Pourquoi tu me racontes tout ça ? ai-je crié.

Elle a ri une nouvelle fois.

– Ils disent presque tous ça. Ils sont tellement en manque de chair fraîche que, de serrer dans leurs bras une nana comme moi, ça devrait leur suffire. Mais non, en plus, ils veulent le conte de fées : l'amour, les dîners aux chandelles, les petites fleurs bleues… Et pourquoi pas le mariage pendant qu'on y est ? T'as eu ce que tu voulais, non ? Eh bien moi aussi. Échange de bons procédés.

J'ai bondi hors du lit et je l'ai immédiatement maîtrisée. Je m'étais placé dans son dos, mon bras gauche sous son aisselle, ma main gauche lui tenant le poignet droit et mon coude droit lui enserrant la gorge. J'ai suivi des cours de self-défense. C'est vivement recommandé quand on a le malheur d'être malvoyant et de vivre dans une société implacable.

– Attention, Louis, j'ai téléphoné à deux amies avant de venir. Elles savent que je suis allée chez toi, elles connaissent ton nom, ton adresse… Si je ne suis pas à mon job dans dix minutes, elles vont appeler les flics.

– Qu'est-ce qui te plaît le plus, Shelley ? Sortir avec des « mecs crades », comme tu les appelles, ou leur balancer la vérité à la figure le lendemain matin, après les avoir laissés croire au miracle ? Non, ne réponds pas, je risquerais de te tordre le cou pour de bon. Tu te souviens de tous ces livres que je possède sur les insectes ? Tu sais pourquoi je les adore, pourquoi je passe des jours entiers à les examiner sous mes loupes ? Parce que tout le monde les trouve laids et les rejette ! Si seulement tu pouvais imaginer l'extraordinaire sensibilité dont est capable un cafard. Mais comment le pourrais-tu ? Dès que tu en aperçois un, tu te précipites pour l'écraser sous ta semelle. Depuis que je n'ai plus de visage, oui, depuis toutes ces années, je me passionne pour les insectes et les autres créatures qui partagent leur univers minuscule. Tant et si bien que nous avons fini par nous comprendre. Ils sont si heureux qu'un humain s'intéresse enfin à eux avec affection. Tu crois que je suis fou ? Tu crois ? Alors regarde ! Venez, venez, mes petits amis !

Soudain, de volumineuses masses noires se sont mises à couler le long des murs. La moindre fissure, les meubles, les plinthes : tout les vomissait. Shelley hurlait tandis que les nuées de cafards, cloportes, scorpions, araignées, chenilles, mantes religieuses, coléoptères et hyménoptères formaient des mares mouvantes sur le carrelage ou des nuages tourbillonnants. Ces masses grossissaient sans cesse, fusionnaient et convergeaient vers nous.

– Venez donc embrasser Shelley ! ai-je crié.

Les milliers de créatures grimpaient sur nos corps. Je sentais leur infinité de pattes grouiller sur ma peau. Le frottement de leur corps, les raclements de leurs mandibules, le bourdonnement de leurs ailes : tout cela se fondait en un brouhaha grésillant. Shelley n'était plus qu'un cri lorsqu'ils nous recouvrirent entièrement. Une boule de scorpions vint épouser la forme de sa bouche grande ouverte, attirée par sa chaleur et son humidité.

– Le visage, seulement le visage… ai-je murmuré, le palais empli d'abeilles.

Les mandibules des fourmis cisaillaient sa peau. Les scorpions la piquaient et arrachaient des lambeaux à la pince. Les abeilles, les guêpes et les frelons la criblaient de piqûres, accumulant les gouttes de venin et déclenchant des réactions inflammatoires en chaîne qui faisaient se boursoufler monstrueusement le derme. Les mouches s'agglutinaient pour boire le sang, les sucs et même les larmes. Partout sur cette face, des multitudes de mandibules attaquaient, abîmaient, rongeaicnt, rognaient, mâchaient, sectionnaient, tranchaient, coupaient, dilacéraient, mutilaient, tiraient, débitaient, massacraient… Shelley se débattait de façon anarchique, bondissait en avant ou réagissait à la douleur par des saccades formidables. Mais ma prise la matait toujours. Cela ne dura que quelques minutes. Les nuées refluèrent brutalement et je relâchai Shelley qui tomba à genoux. Elle ne criait plus. Elle avait dépassé le stade de la douleur. Elle était abasourdie. J'ai fixé son visage : il n'était plus qu'un magma informe de chairs sanguinolentes. Je me suis agenouillé pour me mettre à son niveau et je lui ai parlé d'une voix douce.

– Appelle la police si tu veux, mais qui te croira ? Tu peux t'en aller. Désormais, chaque fois que quelqu'un te verra, il aura un hoquet de nausée. Tu ne t'adresseras plus qu'à des visages détournés. Tes amis oublieront ton numéro de téléphone, puis ton existence. Tu connaîtras une solitude si totale, si parfaite que tu n'aurais même pas cru que cela pouvait exister. Dans quelques mois, seule dans un silence de mort, tu seras prête à n'importe quoi pour que quelqu'un te renvoie un regard, des paroles… Tu rêveras de te lover dans des bras accueillants. Alors tu reviendras ici. Parce que où veux-tu aller ailleurs sur Terre ?

Shelley s'est relevée brutalement et s'est ruée sur la porte.

– Tu finiras même par m'aimer vraiment, Shelley. Car tu n'auras pas le choix ! À bientôt, mon amour…

Tous mes petits compagnons se sont mis à grouiller et à frétiller de plaisir, de concert avec mon sourire.

Ma vie a repris son cours normal. J'attends Shelley.

J'aurais voulu être du FBI

Je m'appelle Grant Wiggis, je suis le shérif de Daynoca et j'aurais voulu être du FBI.

J'ouvre à fond l'arrivée d'eau froide mais le pommeau ne crachote péniblement qu'une eau tiédasse. En été, l'eau froide n'existe pas à Daynoca car le soleil cuit toutes les canalisations. Je hais Daynoca. Un bled paumé de trois mille habitants, un îlot de civilisation américaine perdu au beau milieu du désert du Nevada. Je hais aussi mon physique. J'ai cinquante-trois ans, un ventre surdimensionné, une calvitie naissante, des problèmes de dos, des varices et un abcès dentaire. Enfin, je hais mon job. Shérif à Daynoca, bonjour la nullité ! Je coffre depuis trente ans les mêmes types pour les mêmes ivresses qui leur ont fait commettre les mêmes excès de vitesse. Seuls changent les bagnoles et le nombre de rides. J'interviens pour des scènes de ménage merdiques, des bagarres de bar et de rares cambriolages. Bled pourri, corps pourri et job pourri signifient immanquablement vie pourrie. Et ajoutez à ça une ex-épouse qui me pompe une bonne partie de ma paie à la fin de chaque mois…

Autrefois, j'avais une passion, un projet auquel je tenais plus qu'à la vie. Je voulais être du FBI. Ah, le FBI ! La classe absolue ! Aller enquêter aux quatre coins des States, traquer les terroristes et les *serial killers*, faire partie de cette institution parfaite admirée et enviée dans le monde entier : le FBI. FBI FBI FBI FBI FBI FBI. J'en rêve encore presque toutes les nuits. Je sauve la vie du président ou j'arrête « l'Étripeur du Maryland ». Les rêves des *losers* sont particulièrement riches et réalistes. Logique, il faut qu'ils compensent sinon les *losers* finiraient tous par se faire sauter la cervelle. J'ai tenté ma chance. À vingt-deux ans, j'ai essayé d'intégrer le FBI. J'avais un dossier scolaire… un peu limite on va dire. Je n'ai pas vraiment brillé aux tests d'admission (sauf sur les questions concernant les armes, ma marotte). Mais c'est lors de l'entretien avec le psychologue que je me suis fait étendre. Ce petit connard m'a posé des tas de questions pièges et il a conclu par un ramassis de conneries infectes. J'ai soudoyé une secrétaire pour avoir une copie de son avis sur ma personnalité : « Individu très fragile au plan narcissique, peu assuré, qui, sous une apparence avenante, cache une personnalité jalouse, rancunière, immature et violente. Avis défavorable. » Sûr qu'avec un compte rendu pareil, on risquait pas de me prendre… Alors je suis devenu shérif de Pourritureland.

– Grant ! Grant, viens voir !

C'est Helena, ma compagne.

– Je me douche !

– Grant, viens voir la télé, il y a le FBI à Daynoca !

Je jaillis hors de la salle de bains et, en trois enjambées, je la rejoins dans le salon, laissant au passage des traces de pas sur la moquette tachée. Helena se tient debout devant l'écran. Me faisant face, elle me lance :

– Quand je t'appelle, tu viens pas mais quand c'est le FBI, tu accours…

Je la pousse sur le côté et je monte le son. Je reconnais Dale Porten, l'un des plus fameux agents du FBI, le héros qui a arrêté « le Boucher de Houston ». Il est en train de traverser la grand-rue de Daynoca ! Je me couperais la main droite avec joie s'il acceptait en échange que je bosse pour lui.

« (…) arrivé voici quelques minutes accompagné d'une douzaine d'agents. Dale Porten n'a daigné faire aucune déclaration au sujet de cette boucherie qui ensanglante la petite ville de Daynoca. Il s'agit probablement de la quatrième victime d'un tueur en série insaisissable qui terrorise l'État du Nevada depuis bientôt trois mois. »

La télévision change de sujet. J'enfile précipitamment mon uniforme sous le regard narquois d'Helena et je regagne mon commissariat en quatrième vitesse.

Durant le trajet, une question me trotte quand même dans la tête. Pourquoi mon *beeper* n'a-t-il pas sonné ?

Je suis assis à une petite table, dans le snack de mon vieil ami Harry Lewis Junior, devant un hamburger aux piments rouges, au maïs et aux fèves noires. Mon préféré mais il n'a aucun goût aujourd'hui. Je suis estomaqué ; je suis comme le boxeur qui reprend conscience, allongé sur le ring, et qui s'entend dire : « Relève-toi, tout le monde est parti et le stade va bientôt fermer. » Je suis arrivé au poste et Dale Porten, ce demi-dieu, m'a traité comme une sous-merde. Il m'a déclaré texto :

– Merci de nous proposer votre aide, shérif Wiggis, mais le FBI s'est saisi de l'enquête. Si nous avons toutefois besoin d'un bouseux pour nous préparer du café, je vous promets que nous ferons en priorité appel à vous.

Ils ont tous rigolé et moi, je suis parti sans savoir quoi répondre. Le FBI m'a piqué mon enquête et mon commissariat. On ne m'a même pas informé de ce qui s'était passé ! Tout ce que je sais, c'est que Molly Nawton, dix-neuf ans, a été retrouvée assassinée. On ne m'a même pas dit où on avait découvert le corps. Mais je suis chez moi, merde ! Je la connaissais, cette petite ! Ma fille l'invitait à ses anniversaires, elles allaient dans le même lycée et je vais tous les dimanches à l'église méthodiste avec ses parents !

Je retourne au poste de police – à MON poste de police – mais je me contente de le contempler depuis la rue d'en face. Quand Dale sortira, je le tuerai. Puis je me ferai sauter le caisson.

Une heure et Dale n'est toujours pas sorti. Visiblement, le grand Dale ne se déplace pas, les gens viennent à lui. Les gérants des motels du coin, les parents de Molly, le petit ami de Molly, le légiste : tout le monde vient se garer devant mon commissariat et presse le pas pour aller répondre à ses questions. Je débouche ma fiole d'antiseptique et je fais quelques gargarismes pour calmer mon abcès. Il est con, ce tueur en série. Pourquoi est-il venu frapper à Daynoca ? Presque tout le monde se connaît au moins de vue. Si c'est un étranger, sa présence a peu de chances de passer inaperçue, d'autant plus qu'on a bien peu de visites par ici. D'ailleurs, pourquoi diable en aurait-on ? J'ai découpé tous les articles de journaux que je pouvais trouver sur ce criminel. Il a toujours frappé à Las Vegas et il est considéré comme intelligent et méticuleux. Pas le genre de type à commettre l'erreur de venir « chasser » ici. Pourquoi traverser tout le désert pour finalement tuer cette gentille petite dinde de Molly ?

La porte du poste s'ouvre. Si c'est toi, Dale, rassure-toi, je suis revenu à la raison. Ce n'est pas Dale mais Ed Firret, le vieux légiste binoclard aux cheveux blancs ondulés, l'un des meilleurs spécialistes des États-Unis, la célébrité de Daynoca. Il est en poste à Las Vegas mais il continue à vivre ici Dieu sait pour quelle raison. « Parce que ici, ça sent moins le formol », plaisante-t-il souvent. Faut croire que l'odeur a quand même fini par nous rattraper. Il m'aperçoit et me rejoint de son pas toujours pressé, car à son âge, selon lui « on se presse, on se presse vu qu'il n'y a presque plus de grains dans le sablier de la vie ».

– Salut, Grant. Dale est une vraie peau de vache de t'avoir mis sur la touche. Je lui ai pourtant dit que tu étais le meilleur shérif de tout le Nevada.

– Merci, Ed. T'as fait l'autopsie de Molly ?

– Non, juste les premières constatations. Je vais à la morgue pour m'y mettre.

– Vous en pensez quoi, le FBI et toi ? Une nouvelle victime du tueur en série ?

Le visage fripé d'Ed se fait catégorique.

– Ça m'en a tout l'air ! L'assassin a utilisé un couteau à longue lame. Il a d'abord porté une première attaque droit au cœur, quasi immédiatement fatale. Il a pris sa victime par surprise, je pense que celle-ci est morte avant même de comprendre qu'on l'agressait. Puis, après le décès, il a lacéré la dépouille, mais en épargnant le visage. Il a donc suivi exactement le même mode opératoire que pour les trois crimes commis à Las Vegas. Or, jusqu'à maintenant, la police a réussi à cacher tous ces éléments aux journaux : le grand public n'est pas au courant…

– Et où on a retrouvé le corps ?

Ed a un petit rictus de surprise gênée. Il doit penser : « Pauvre Grant, on ne lui a même pas dit ça… »

– Dans la maison de ses parents.

– À quelle heure remonte la mort ?

– Entre dix et onze ce matin.

– T'es un frère, Ed.

Je sors de la pharmacie et je retourne chez Harry Lewis Junior. Will Turgh, mon jeune coéquipier, dévore un Cajun burger. Il a placé une serviette en papier autour de son cou pour ne pas risquer de tacher son bel uniforme beige. On dirait un adolescent échappé d'un bal costumé. Il ne cesse d'interpeller Harry entre deux bouchées.

– Pourris du FBI ! Ils me disent : « Vous avez de solides connaissances en criminologie, en balistique et en droit pénal ? – Ouais, je réponds. – Alors vous êtes sûrement assez qualifié pour aller nous préparer du café. » Et ils se mettent tous à rigoler !

– Non ? Ils ont vraiment dit ça ? compatit Harry.

Harry Lewis Junior est l'obèse le plus obèse que j'aie jamais vu. Il est l'un des meilleurs cuistots de hamburgers au monde tout simplement parce qu'il mange vingt Harry Lewis Junior's burgers par jour, alors il a quotidiennement de nombreuses occasions de s'améliorer. De plus, il n'a ni épouse, ni enfants, ni loisirs, que ses hamburgers. C'est un vieil ami, ça m'ennuie beaucoup qu'il soit là. Je lui fais signe de se taire en plaçant mon doigt sur mes lèvres. Il m'adresse un clin d'œil et commence à retourner ses piments sur le gril avec sa longue spatule métallique. Il croit que je veux faire une blague à Will. C'est un peu ça, d'ailleurs. Je m'approche tout doucement du dos de mon coéquipier, j'empoigne son arme et je fais un bond en arrière. Will sursaute et se retourne brutalement. Son rire sonne faux.

– Grant ! Tu m'as bien eu.

J'ôte le cran de sûreté du Beretta et je le menace.

– Will, je t'arrête pour le meurtre de Molly. Je te lis pas tes droits, tu peux le faire toi-même.

Le visage bouffi de Harry se décompose. Il s'écarte prestement de la ligne de tir. Will sourit bêtement.

– Mais… C'est nul comme blague…

– Le *serial killer* de Las Vegas est prudent et très intelligent paraît-il. Il n'aurait jamais été assez fou pour venir tuer ici. La preuve : Dale a déjà mis la main sur tous les routiers et les touristes de Daynoca. Ça fait même pas trente suspects.

– Il est certainement venu en cachette…

– Personne ne peut traverser le désert en cachette, une bagnole se repère à des dizaines de miles à la ronde. Les grands profileurs comme Dale parviennent parfois à arrêter les tueurs en cernant leur profil psychologique. Moi, je pense que ça sert aussi de considérer le profil psychologique de la victime. Cette gentille gourde de Molly raffolait des hommes en uniforme. Elle était entrée dans les majorettes pour tenter de séduire un joueur, elle est sortie avec quelques militaires d'après ce que m'a dit ma fille… Et qui d'autre porte un uniforme à Daynoca ?

Will est blême, hagard. Où est passé l'étudiant studieux, le brillant sportif au sourire charmeur qui fit le désespoir de ses parents en rentrant dans la police car il était trop fainéant pour poursuivre ses études de médecine ? Daynoca pourrit tout jusqu'à la moelle, c'est ma théorie.

– Mais, Grant, je suis marié, je…

– Molly a quitté le snack où elle travaillait pour se rendre chez ses parents. Que faisait-elle là-bas, à onze heures du matin ? Son petit ami est au chômage mais son père et sa mère bossent le samedi matin, donc c'était l'endroit idéal où amener son amant… Seulement elle t'a annoncé qu'elle était enceinte. Elle avait acheté hicr après-midi un test de grossesse à la pharmacie, j'en ressors à l'instant.

Will prend un air méprisant.

– Mon pauvre Grant, ça t'a tellement déçu que le FBI te mette sur la touche que tu as pété les plombs. On est certain que c'est bien le tueur en série qui…

– Grâce au mode opératoire ? Qui est identique à celui des meurtres commis à Las Vegas et que le public ignore ? Mais toi et moi, nous sommes au courant puisque

Ed a participé aux autopsies des trois victimes de Las Vegas et qu'il nous a tout raconté. C'est justement cette trop forte ressemblance avec ces trois crimes qui t'a trahi car je suis convaincu que le *serial killer* de Las Vegas ne commettra jamais l'erreur de venir tuer ici.

Will s'affaisse. On dirait un navire en train de sombrer.

– Elle allait tout foutre en l'air : mon couple, ma réputation, ma carrière… Elle ne voulait rien entendre, elle était persuadée que j'allais divorcer pour l'épouser. Moi ? Épouser cette écervelée ? Alors j'ai paniqué, j'ai perdu la tête…

Will se laisse menotter docilement. Il tremble comme un enfant dont l'épicier vient d'attraper le bras plongé dans un bocal à bonbons. « Pardon, je suis désolé » est tout ce qu'il est capable de murmurer entre deux sanglots.

Je traverse l'avenue principale avec mon prisonnier. Les voitures s'arrêtent, des visages se pressent aux fenêtres. Tout le monde nous regarde. Tous nous connaissent et Will et moi, nous les connaissons tous. Je pénètre dans le hall du Daynoca Great Hotel, car c'est là que logent les journalistes de Las Vegas attirés par le sang frais. Dale, entouré de ses collègues, est justement en train de donner une conférence de presse, déclarant officiellement que Molly Nawton est bien la quatrième victime du tueur en série de Las Vegas. À peine les journalistes m'aperçoivent-ils qu'ils se précipitent tous vers moi, micros tendus à bout de bras ou caméras sur l'épaule, abandonnant Dale au beau milieu d'une phrase qui parlait de lui. À Daynoca, rien n'est bien compliqué, tout est une affaire d'alcool ou de sexe, tout est petit et sordide, tout croupit dans le médiocre. Comme moi. Mais Andy Warhol avait raison : chaque homme a droit à son quart d'heure de célébrité. Dans mon cas, c'est pour maintenant. Et, durant quelques minutes, ce sera aussi génial que si j'avais été du FBI.

Le Grand Méchant Loup

Il est petit, minuscule même. Un garçon de cinq ans mal assis sur une chaise trop grande, prostré, les bras soudés le long du corps, le regard à terre. Il demeure immobile dans l'immensité blanche de la salle d'interrogatoire. La glace sans tain qui nous sépare me paraît un obstacle infranchissable. C'est comme s'il se trouvait dans un autre monde fait de silence et de peur.

Je contemple la psychiatre, si proche de moi que nos bras se frôlent. Elle observe l'enfant depuis un moment déjà. Je lui précise :

– Il est important d'agir avec rapidité, docteur. Puis-je vous parler, maintenant ?

Enfin, la spécialiste se tourne vers moi. Elle porte un tailleur gris élégant mais discret et des boucles d'oreilles dorées qui s'harmonisent avec ses cheveux blonds. Son air me déroute. Elle semble à la fois présente et ailleurs, attentive à mes propos et absorbée par ses pensées. Je ne la connais pas, c'est tout récemment qu'elle a accepté de collaborer avec le NYPD, le Département de Police de New York. J'aurais préféré que vienne un psychiatre avec lequel j'avais déjà travaillé.

– Vous êtes sûr qu'il ne peut ni nous entendre ni nous voir ? interroge-t-elle.

– Certain, docteur.

– Je vous écoute, inspecteur.

– Voici le peu que nous savons. Il y a une heure, son beau-père est rentré chez lui. Là, il a découvert son épouse dans le salon, inconsciente, avec des contusions et une fracture du crâne. Dieu merci, elle était encore en vie. On l'a hospitalisée en réanimation. Elle est dans le coma. Il semble qu'elle ait surpris un cambrioleur : on a retrouvé des traces d'effraction, et une partie de la maison est sens dessus dessous. On pense… Enfin, ce n'est qu'une hypothèse mais il se peut que l'enfant, puisqu'il était dans la maison, ait entraperçu l'agresseur.

– C'est lui, le beau-père ? me demande-t-elle en désignant l'un des six écrans vidéo alignés sur une longue table.

– Oui. Ici, c'est la salle de contrôle. Le miroir sans tain donne sur la pièce principale, mais on peut aussi observer ce qui se passe dans les autres salles d'interrogatoire, grâce à des caméras et des micros.

Sur l'écran, deux de mes inspecteurs interrogent le beau-père. Ce dernier a l'air dépassé par la situation. Sa coiffure désordonnée et son air paniqué contrastent avec son costume bleu marine, sa chemise gris perle et sa superbe cravate bleu turquoise. Je n'ai pas mis le son, mais ses gestes décousus en disent long.

– Docteur, si cet enfant pouvait nous faire un portrait-robot de l'agresseur ou au moins nous dire quels vêtements il portait, nous préciser s'il y en avait un ou plusieurs et s'il est parti à pied ou en voiture… Plus le temps passe et moins nous avons de chance de mettre la main sur ce type.

Elle acquiesce.

– A-t-il été maltraité par le coupable ?

– Nous ne le pensons pas. Il ne porte pas de traces de coup sur le visage et les bras. Nous ne l'avons pas examiné au niveau du torse pour ne pas le tourmenter plus encore. Nous lui avons posé des questions avec tact, sans aller trop vite et en lui parlant gentiment. Mais rien à faire, il n'a pas desserré les lèvres. Il ne nous a même pas dit son nom. À un moment, je lui ai demandé s'il voulait boire : il ne m'a pas répondu, il ne m'a même pas adressé un regard. Par contre, quand j'ai posé un verre d'eau sur la table, il l'a vidé d'un trait. Il était mort de soif.

– Comment s'appelle-t-il ?

– Terry Wilgen.

– Je vais le voir. Mais seule, et je ne veux pas que l'on nous dérange. Pas d'inspecteur qui ouvre la porte, de téléphone qui sonne…

Je hoche la tête sans protester.

– Tout ce que vous voulez, docteur. Mais expliquez-lui à quel point il est important qu'il nous aide à dresser un portrait-robot.

– Inspecteur, ce garçon a cinq ans, il ne sait même pas ce que ce mot veut dire.

– Ne me prenez pas pour un idiot ou un incompétent !

J'ai crié… Je m'étonne de la violence de ma réaction, de cette colère qui me déborde.

– Excusez-moi. D'habitude, je ne perds jamais mon sang-froid ! C'est que j'ai un fils, il vient d'avoir douze ans. Je suis en train de lui organiser un voyage surprise à Shiloh. Matin et soir, il me bombarde de questions pour deviner ce que je mijote. Et moins il devine, plus la surprise devient mystérieuse, plus il est content. Je vois encore son sourire de ce matin, au petit déjeuner… puis j'arrive ici et je découvre cet autre enfant, terrorisé. C'est absurde mais j'ai l'impression que c'est mon propre fils qui se trouve derrière cette glace. J'ai envie de prendre une chaise et de la fracasser contre les murs ! Mais je ne sais pas pourquoi je vous raconte tout ça…

– C'est parce que vous avez besoin de parler. Voir un enfant souffrir nous met tous en rage.

– Mais il faut museler cette rage si on veut pouvoir l'aider…

Elle hoche la tête, si discrètement que c'en est presque imperceptible. Elle aussi, je le sens, frôle ses limites.

– C'est bon, docteur, je suis en train de me ressaisir, vous pouvez compter sur moi. Allez le voir…

Elle sort tandis que ma tempête intérieure s'apaise un peu. Je la vois apparaître de l'autre côté du miroir, dans cet autre monde où un enfant demeure figé sur sa chaise. Grâce aux micros, j'entends le bruit de ses pas, le raclement des pieds de la chaise qu'elle recule en la tirant par le dossier. Elle s'assoit en face de lui. Elle sourit avec naturel.

– Bonjour. On m'a dit que tu t'appelais Terry. Moi, c'est Cindy. Cindy Fawmis. Je suis un docteur qui s'occupe spécialement des enfants. L'inspecteur Gambale, que tu as vu tout à l'heure, m'a demandé de venir parce que, vu ce qui s'est passé, il se fait du souci pour toi. On m'a dit que tu ne voulais pas parler pour l'instant. C'est normal, ça arrive de vouloir se taire quand on est triste et qu'on se fait beaucoup de souci. Moi, je peux te dire que si tu ne veux pas parler pour l'instant, eh bien je ne t'obligerai pas.

Elle a parlé d'une voix douce et chaleureuse, mais l'enfant n'a pas bougé. On dirait une petite statue de chair.

– Je t'ai apporté quelque chose.

Elle ouvre sa mallette, farfouille dedans. Elle en ressort une pleine poignée de feutres qu'elle dépose sur la table. Ceux-ci roulent, s'éparpillent dans tous les sens et se mélangent comme les rayons d'un arc-en-ciel disloqué.

– Et voilà de jolies feuilles blanches. Tu veux me faire un dessin, Terry ?

Il hésite, puis saisit le feutre noir et trace un ovale qu'il se met à colorier rapidement. Cela fait des années que je travaille régulièrement avec des psychiatres, des psychologues, des profileurs… Je comprends le sens de leur façon d'agir. Terry a envie de s'exprimer, mais il est terrorisé et ne sait pas trouver les mots pour organiser le chaos de ses pensées et de ses émotions. Le dessin, mi-jeu, mi-message, offre un excellent support de communication. De plus, les enfants sont rassurés de se retrouver ainsi en terrain connu.

La pointe du feutre plie sous la pression. Elle va et vient inlassablement dans la même zone, les traits repassant sur les traits jusqu'à ce que la feuille, saturée d'encre noire, commence à s'abîmer.

– Dis donc, c'est drôlement important, ce que tu me montres, là, murmure-t-elle. Et c'est quoi ?

Terry ajoute quatre traits sous la tache, une queue et une tête avec d'énormes dents blanches.

– Oh ! C'est un gros chien ! s'exclame-t-elle.

Il secoue brièvement la tête mais n'entrouvre pas les lèvres.

– Ah, ce n'est pas un gros chien ? C'est un loup alors ?

Il ne répond pas.

– C'est un loup, conclut-elle.

Je suis sûr que, dès le début, comme moi, elle a pensé à un loup. Terry a corrigé son erreur volontaire. Il écoute donc attentivement ce qu'elle dit et il tient à ce qu'elle comprenne son dessin.

– Eh bien dis donc, il a de sacrées dents, ce loup. Ça doit pas être drôle de se faire mordre par lui.

Il repose le feutre noir. Il représente le ciel, puis, en s'appliquant soigneusement, il trace un trait du même bleu pâle sur le cou de l'animal, comme si le loup portait un collier de chien. Deux personnages apparaissent, un petit et un grand aux cheveux bruns qui porte une robe.

Une forêt vert sapin les enveloppe. Elle devient de plus en plus dense et vient les recouvrir.

– Il y a un enfant et une dame, commente la psychiatre. Ils veulent se cacher dans les bois pour échapper au danger ?

Alors, Terry prend le rouge et barbouille la femme et les dents du loup. Il interrompt son geste et se met à pleurer.

– On s'arrête, si tu veux… propose-t-elle.

Elle gagne la porte et demande à un agent si des membres de sa famille sont arrivés. On lui répond que l'on n'a réussi à joindre personne pour l'instant, mais que son beau-père a presque terminé sa déposition.

– Terry, je voudrais aller parler à l'inspecteur Gambale. Est-ce que je peux te laisser avec un policier qui va rester avec toi ? Tu es aussi d'accord pour que je prenne ton dessin pour le lui montrer ?

Il hoche la tête.

– Ensuite, je te promets que je reviendrai. Et, si tu ne veux toujours pas me parler, je t'assure que personne ne t'y obligera.

L'un de mes agents pénètre dans la pièce, Judith,

qui est toujours volontaire pour s'occuper des enfants. La psychiatre lui dit qu'elle lui confie Terry. Puis elle sort et me rejoint dans la salle de contrôle.

– Alors ? Qu'en pensez-vous, docteur ?

– Vous avez vu son dessin ? dit-elle en me le tendant.

– Oui, un loup. C'est le portrait-robot de notre homme ? ironisé-je.

– En quelque sorte. Il faut lire entre les lignes, décrypter le message. Les enfants – comme les adultes, d'ailleurs – peuvent éprouver un sentiment intense mais se trouver incapables de l'exprimer par des phrases simples. Un jeune garçon ne vous dira jamais, par exemple : « Je suis mal dans ma peau parce que, depuis la naissance de mon petit frère, papa et maman s'occupent moins de moi et j'ai peur qu'ils ne m'aiment plus. » Il ne peut pas expliquer cela parce que ce n'est pas pensé aussi clairement dans sa tête. Par contre, ses dessins pourront montrer deux animaux identiques qui se disputent la même maison dans laquelle il n'y a de la place que pour un seul d'entre eux. C'est encore plus vrai à la suite d'un traumatisme. L'enfant ne peut pas mettre en mots ce qui lui est arrivé. Mais, grâce à de la pâte à modeler ou…

Je l'arrête d'un geste d'impatience.

– Bon, je vous crois sur parole. Concrètement, dans cette affaire, à quoi nous sert ce gribouillage ? Qu'y a-t-il à comprendre ?

– Cet enfant est terrorisé. Il a peur de se faire tuer par le Grand Méchant Loup qui a blessé sa mère. Voilà pourquoi il est prostré.

– Bref, l'assassin, c'est le Grand Méchant Loup. Et quoi d'autre ?

– C'est tout pour l'instant. Mais on est en train de passer à côté de quelque chose, je le sens… Laissez-moi y réfléchir un moment, seule.

Elle va s'installer dans l'une des pièces vides. Je la vois apparaître sur l'un des écrans, s'asseoir face au dessin et le contempler. L'inaction me pèse, oppresse ma respiration. Je réagis en donnant une foule d'instructions à mon équipe. Que toutes les patrouilles de notre secteur et des secteurs voisins interrogent systématiquement les individus qui leur paraissent suspects (homme ou femme au comportement peu naturel, personne qui change subitement de direction au moment où apparaît un véhicule de police…). Que l'on questionne à nouveau les résidents de l'immeuble : sont-ils vraiment sûrs de n'avoir rien remarqué ? Que l'on étudie la liste des cambrioleurs violents libérés ces dernières semaines : certains ont-ils commis des agressions similaires à cette affaire ? Que l'on appelle tous les services d'urgence de la ville, car peut-être l'agresseur a-t-il été blessé par sa victime.

Mais tout cela, je le sais, n'est qu'un immense brassage d'air. S'agiter pour se donner l'impression d'agir.

Mes collègues viennent me voir. Le beau-père a terminé sa déposition, et l'on n'a rien obtenu d'utile. Je vais le voir, je lui explique que nous faisons tout notre possible pour arrêter le coupable.

– Si je puis me permettre un conseil, dis-je, vous ne devriez pas rentrer chez vous. On a mis les scellés sur votre porte. Mais je ne vous dis pas cela uniquement de peur que vous effaciez des indices. Il y a les traces de lutte, les taches de sang, les objets déplacés : cela va vous déstabiliser encore plus.

Il sort un paquet de cigarettes, en allume une. Ses gestes sont saccadés, hachés.

– Oui, vos inspecteurs me l'ont dit. Terry et moi, on va aller dormir à l'hôtel, ou chez des amis… On va surtout marcher un moment, ou prendre un taxi, ou j'en sais rien !

Je note son numéro de portable, lui demande de nous communiquer l'adresse du lieu où il va passer la nuit dès qu'il aura réglé cette question. Je vais dire au revoir à Terry, qui ne m'adresse même pas un regard. Je veux lui tapoter doucement l'épaule, mais au premier contact il sursaute comme si je l'avais frappé. Je lui donne ma carte, sur laquelle se trouve mon numéro de portable. Est-ce qu'un enfant de cinq ans arrive à composer un numéro tout seul ?

– Tu peux m'appeler, jour et nuit. Si tu te souviens de quelque chose, où même si tu veux juste parler à quelqu'un.

La carte est posée juste devant son poing crispé immobile sur la table. Ses doigts se déplient et la prennent, elle disparaît, froissée, dans le secret de sa paume. Le docteur Fawmis vient également lui dire au revoir. Elle aussi lui laisse sa carte, qu'il prend. Toutes deux finissent glissées dans sa poche. Il est blême, ai-je jamais vu un visage aussi pâle ?

Elle et moi nous les accompagnons jusque dans la rue.

– Nous vous tenons au courant, dis-je.

– Oui, bien sûr… réplique le beau-père d'un ton ironique.

La chaleur est accablante, le vacarme urbain me donne mal à la tête. Je les regarde s'enfoncer dans la foule : touristes, couples enlacés, gens pressés de croquer dans cette grosse pomme qu'est New York, fanatiques du shopping, des sacs en plastique plein les mains… Terry et son beau-père disparaissent, réapparaissent brièvement au moment où une passante file en oblique pour aller embrasser son ami qu'elle vient d'apercevoir, disparaissent à nouveau…

– Quelque part dans cette ville, il y a notre loup… murmure Fawmis.

Elle a encore le dessin à la main et l'observe. Je lui demande :

– Pourquoi vous obstinez-vous sur ce gribouillage ?

– Parce qu'il est notre seule piste. Je pense que Terry a vu l'agresseur.

Je le fixe à nouveau. Vivement éclairée par le soleil, la feuille blanche me blesse les yeux. Une vague d'émotion me submerge, mon cœur s'effare et s'emballe. Sans réfléchir, je me mets à courir. J'entends les appels de Fawmis et ses pas dans mon sillage. Quand ils me voient arriver, les gens sursautent, m'évitent brusquement d'un bond sur le côté. Ceux qui me tournent le dos ne s'écartent pas de mon chemin et obstruent mon champ de vision. Tantôt je les contourne, tantôt je les bouscule. Mais, partout, encore et toujours, ce ne sont que des visages et des dos. « Hé ! », « Non mais ça va pas ? », « Pauvre taré ! ». Je zigzague entre eux aussi vite que possible. Je retourne brutalement une silhouette par le bras, m'excuse, reprends ma course… Une main en colère me saisit par la manche, je me libère d'un geste vif. Encore des visages, encore des dos, je me débats dans la foule comme on se noie. Si je crie « Police ! », le beau-père risque de m'entendre et de fuir. Alors je continue à me précipiter en silence, pareil à un dément, telle une boule de bowling lancée sur une avenue encombrée de quilles. Tout à coup, je les aperçois, à quelques dizaines de pas de moi, le beau-père a hélé un taxi qui vient de s'arrêter en double file. Il a ouvert la portière et pousse Terry vers l'habitacle. Je dégaine mon arme – panique, cris et remous tout autour de moi – et je charge droit sur eux, bousculant, bouleversant, renversant.

– Stop !

J'ai hurlé tout en visant, mon arme pointée des deux mains. Maintenant figé comme un chien de chasse à l'arrêt, je le tiens dans ma ligne de mire. Une simple pression de l'index sur la détente et, au lieu de fracasser une chaise contre un mur, c'est une balle de 9 millimètres que j'expédierai le fracasser lui. Il ne bouge plus, les joues empourprées par la colère. Le chauffeur de taxi se recroqueville dans son fauteuil, des gens s'écartent en se courbant, une voiture donne un coup de volant pour s'éloigner. Certains passants n'osent plus bouger. Au milieu de tous ces visages effrayés, celui de Terry se met à sourire en exprimant un soulagement sans bornes. Je vise toujours son beau-père, au torse, au niveau de sa belle cravate bleu turquoise, qui est exactement de la même couleur que le collier du loup.

Le sabre de Shiloh

– Ici ! C'est ici que tout a commencé ! Le 6 avril 1862, à cinq heures du matin. Le major Powell mène une reconnaissance, avec cinq compagnies nordistes. « Une jolie promenade », pense-t-il. Et tout à coup, quand il atteint la clairière de Fraley Field, il découvre quelque chose d'étrange. Là-bas !

Mon fils suit la direction de mon index. Il observe la vaste étendue d'herbe cernée de sombres enchevêtrements d'arbres. Il plisse les yeux, comme s'il cherchait les Sudistes. Puis il les écarquille, soudain. Son imagination les lui montre, il les aperçoit ! Moi aussi, je les vois, même environ cent cinquante ans plus tard, je les vois : leurs uniformes gris, les forêts de fusils qui hérissent leurs rangs…

– Quelques cavaliers dispersés, derrière eux une douzaine de fantassins en tirailleurs, et, enfin, un bataillon entier déployé en ligne de bataille. « Mais qu'est-ce qu'ils font là, ceux-là ? » se demande le major Powell, qui les prend pour une unité nordiste ! Déjà, les cavaliers se mettent à tirer sans même viser, pour donner l'alerte. Les soldats de Powell ouvrent le feu à leur tour – parce que, eux, ils ont compris qu'ils faisaient face à l'ennemi ! Les Sudistes ripostent, un officier de Powell tombe de cheval. La première victime de l'un des affrontements les plus sanglants de l'histoire des États-Unis : la bataille de Shiloh.

– Mais pourquoi est-ce que personne ne savait que les Sudistes étaient là ?

Je m'accroupis dans les herbes pour déplier une carte sur mes genoux. Mon fils a eu douze ans le mois dernier. Je lui avais promis une surprise avec un peu de retard. Il s'attendait à tout sauf à un voyage dans le Tennessee, pour une visite du champ de bataille de Shiloh, un 6 avril.

– Nos forces comptent cent dix mille hommes, répartis en trois armées commandées par Grant, Buell et Pope. En face, les Sudistes n'en ont que quarante mille, sous les ordres du brillant Johnston. Les généraux nordistes pensent que les Sudistes vont adopter une tactique défensive. Franchement, qui serait assez fou pour attaquer une armée trois fois plus grosse que la sienne ?

– Et Johnston l'a fait ? s'exclame-t-il.

Je lui ébouriffe les cheveux. Il a l'esprit vif.

– Exactement ! De notre côté, les trois armées convergent lentement. Elles sont assez distantes les unes des autres. Où est le problème, puisque l'ennemi est loin et dispersé ? Eh bien, justement, le problème, c'est que personne n'a pensé que les Sudistes, au lieu de creuser des retranchements – autant dire creuser sa tombe –, allaient concentrer leurs forces et foncer secrètement droit vers le nord-est. L'armée de Grant est en tête, en avant de cette rivière, la Owl Creek. Celle de Buell est à quatre miles dans le dos de Grant. Quant à Pope, il est tellement à l'ouest que je ne peux pas te le montrer sur cette carte. Il est d'emblée mis hors jeu : la bataille décisive de cette campagne, les survivants la lui raconteront, parce qu'elle va se dérouler sans lui. Johnston, que l'on croit camper à des miles d'ici, arrive en fait juste sous le nez de Grant. Grant ne l'a pas vu venir, à cause de ces forêts et parce que, comme il se croit en sécurité, il n'a pas envoyé des éclaireurs assez loin au sud.

Mon fils pâlit.

– Mais alors Grant va se battre tout seul contre Johnston ?

– Oui. Quarante-cinq mille Nordistes sont attaqués par surprise par quarante mille Sudistes. Grâce à son audacieux mouvement, Johnston a rééquilibré la balance à un contre un. Voilà qui est le général Johnston.

– Où il est, le major Alexander Gambale ? Il avait deviné que les Sudistes allaient attaquer ?

– N'oublie pas qu'il est cinq heures du matin ! Notre ancêtre dort, comme toute l'armée de Grant. Il ignore que l'enfer est en train de se précipiter sur eux. C'est dans quelques heures qu'il deviendra un héros. Pour l'instant, nous, nous sommes avec le major Powell, qui comprend que la situation est désastreuse. Pendant que ses soldats échangent des volées avec les Mississippiens d'en face, il se tourne vers nous : « Vous deux, allez tout de suite avertir les nôtres que l'ennemi marche sur nous ! » Allez viens, on y va !

Nous nous mettons à courir, nous filons réveiller

les six divisions endormies du général Grant. Ma femme rit, elle lance une phrase que le vent emporte, elle doit dire que nous sommes deux gamins. Elle n'a pas encore compris le sens de cette journée pour moi. Après un mile de course dans les bois, nous atteignons le campement.

– Aux armes ! Les Sudistes sont là ! clame mon fils, les mains en porte-voix.

Alors nous voyons partout des soldats nordistes se redresser, étonnés, se lever, s'équiper à la va-vite. Ils ont effectivement entendu des coups de feu, mais on a cru à un entraînement, à une fausse alerte, au raid d'une poignée de cavaliers car l'ennemi les harcèle sans cesse…

– Tu les entends ? Ces clairons qui sonnent l'alerte, les longs roulements de tambour qui ordonnent de se mettre en ligne, les cliquetis des fusils et des pistolets que l'on charge, les sergents qui crient, les soldats qui posent tous cette question : « Qu'est-ce qui se passe ? »… Les officiers cherchent leurs supérieurs car – bon sang ! – pourquoi n'a-t-on donné aucun ordre, que faut-il faire ?

Avec tous ces arbres et ces fourrés, le regard ne porte pas loin. Si encore la vue était dégagée… Ne pas voir ce qui vient augmente la peur.

– Un sifflement se rapproche, une détonation nous fracasse les oreilles, un obus pulvérise une tente en projetant éclats et débris, soufflant les hommes les plus proches. D'habitude, c'est le clairon qui donne le signal du lever. Mais, ce matin, les Sudistes nous sonnent le réveil au canon. On improvise en catastrophe une ligne de bataille, parallèle à la route qui relie Savannah à Hambourg. Mais on n'est pas prêts, c'est la panique, le désordre, les régiments ne coopèrent pas bien ensemble, notre artillerie tarde à se mettre en batterie et elle ne le fait pas toujours aux bons endroits… Les Sudistes lancent leurs assauts et, après quelques heures de combat, le front nordiste doit battre en retraite, abandonnant tentes, caissons, chariots, blessés, munitions, canons, fusils jetés à terre…

– Que fait notre ancêtre ?

– Il est major au 32e régiment de l'Illinois. Un major, c'est juste en dessous d'un colonel. Pour l'instant, il fait comme tout le monde, il se replie.

Mon fils est déçu : notre héros familial détalant comme un lapin ?

– Allez viens, on court avec lui ! On va établir une deuxième ligne de défense !

Nous filons à travers les bois. Tout autour de nous, des soldats nordistes en déroute tombent sous les balles ou s'arrêtent et se retournent en levant les mains… Nous, nous ne renonçons pas, nous bondissons par-dessus les branchages et les cadavres des fantômes.

Quand nous nous arrêtons enfin, je déplie à nouveau la carte tout en reprenant mon souffle.

– C'est ici que notre armée décide de faire face à nouveau. Il faut tenir ! Parce que Johnston a mis au point un plan diabolique ! Regarde la carte. Il y a un triangle à voir, et ce triangle, c'est la figure-clé de cette bataille. Le côté nord-ouest : c'est une large et impétueuse rivière, l'Owl Creek, un affluent de la Snake Creek qui se jette dans la rivière Tennessee. Le côté nord-est : la Tennessee, si vaste et si profonde qu'elle est navigable. Et le troisième côté, au sud, c'est l'armée sudiste en ligne de bataille. Donc plus les ennemis avancent vers le nord, plus ils nous repoussent vers les rivières. Et si nous sommes précipités dans les eaux, alors notre armée sera intégralement détruite…

– Pourquoi ?

– Il n'y a pas de ponts, pas de gués, beaucoup de

soldats ne savent pas nager, et ceux qui savent le faire seront épuisés par les combats et alourdis par leur équipement… Quand Johnston a exposé le piège du triangle à son état-major, il a conclu en disant : « Je les combattrais même s'ils étaient un million ! »

– Alors il ne faut surtout pas reculer.

– Non ! Viens, je vais te montrer où se place notre ancêtre en fin de matinée.

Je le conduis au verger de pêchers. Or – stupéfaction ! – les pêchers sont là, en fleurs comme en ce jour d'avril 1862 ! Toutes les fois que je suis venu ici, il n'y avait qu'une vaste prairie. L'État a fait transplanter ces arbres pour redonner au champ de bataille son vrai visage… Mon fils et moi errons au milieu de millions de fleurs d'un rose lumineux.

— Les 28e, 32e et 41e Illinois se déploient dans ce grand verger où s'active déjà une batterie du Missouri. La pression devient vite extrême. Tantôt les Sudistes donnent l'assaut, par vagues successives, et l'on se crible de balles à bout portant avant de s'entretuer au corps à corps. Tantôt de l'ennemi on n'aperçoit que des silhouettes tapies derrière les troncs, sur lesquelles des arbres sectionnés par nos obus s'effondrent à grand fracas. Les éphémères lueurs des coups de feu crépitent sans cesse dans la fumée des fusillades. Autour du major Gambale, les fleurs des pêchers, cueillies par les balles, volent en tous sens, si bien que l'on dirait qu'il neige ! Regarde la forêt qui nous fait face, il s'y déroule un événement important.

Dans ces denses bois noyés de pénombre grouillent les ombres des multitudes ennemies.

– Après une charge qui vient d'échouer, les Sudistes reprennent leur souffle. Il faut reformer les rangs, évacuer les blessés, mieux observer la position adverse… Quelque part par là-bas, l'un de leurs soixante-dix-neuf régiments, le 45e Tennessee, est donc en train de se réorganiser, lorsque des sentinelles hurlent : « Le général Johnston arrive ! » Johnston apparaît sur son superbe cheval, qui se nomme « Mangeur de feu » mais qui en mange moins que son maître. Il est entouré de plusieurs cavaliers, ses officiers d'état-major le colt au poing. Tu penses qu'il a un sabre à la main ? Un pistolet ? Un drapeau ? Pas du tout : il brandit… une tasse en étain. Les rudes gars du Tennessee l'acclament. Johnston exhibe sa tasse : « Ma part du butin ! » Cette tasse, il l'a ramassée dans notre campement abandonné. Pour son petit déjeuner, il boit notre café dans nos tasses ! Il ajoute : « Soldats, ils sont acharnés ! Nous devons employer les baïonnettes ! Je vous conduirai moi-même ! » Et il les mène à l'assaut, dans une tempête de balles et d'explosions. À quatorze heures, ils nous délogent du verger de pêchers. Notre ancêtre et ses hommes abandonnent « les cadavres fleuris de leurs amis ». C'est durant cet assaut que Johnston reçoit une balle dans la cuisse. Il croit la blessure légère : dans une demi-heure il sera mort. Ce sang qui s'écoule, c'est la victoire sudiste qui s'échappe, se faufile entre ses doigts qui pressent la blessure, tombe goutte à goutte sur les fleurs roses des pêchers… Le général Beauregard remplace Johnston, il a la même ambition, pas le talent. Vers seize heures trente, notre deuxième ligne finit par s'effondrer. Il aura fallu douze assauts – douze ! – pour la briser. Le dernier à se rendre sera le général Prentiss, dans une heure. Il s'est laissé encercler avec plus de deux mille soldats, se sacrifiant pour donner le temps à Grant d'organiser une troisième ligne.

– Mais pourquoi Grant et Sherman se font battre ? Ce sont les meilleurs ! Grant a pris Vicksburg, le général Lee s'est rendu à Grant…

Mon fils s'intéresse aux innombrables livres que je possède sur la guerre de Sécession (certains appartenaient à mon grand-père). Je suis heureux qu'il en ait retenu quelque chose.

– Nous sommes en 1862. C'est en 1863 que Grant connaîtra son premier triomphe, avec la prise de la ville de Vicksburg. Puis Grant et Lee s'affronteront en 1864 et 1865. Quant à Sherman, il s'emparera d'Atlanta en 1864 et ravagera tout sur son passage jusqu'à la fin de la guerre, en 1865. Tu comprends maintenant pourquoi la bataille de Shiloh est si importante ? Si nous l'avions perdue, Grant et Sherman auraient été tués ou faits prisonniers. Même s'ils avaient survécu, après une défaite pareille, on ne leur aurait plus confié de commandement. En 1862, personne ne sait que Grant et Sherman vont devenir les deux meilleurs généraux nordistes de cette guerre, le duo gagnant de la victoire finale ! Grant et Sherman eux-mêmes l'ignorent ! Alors, si, en 1862, on avait perdu en une seule journée nos deux futurs grands vainqueurs de 1863, 1864 et 1865, est-ce qu'on l'aurait vraiment gagnée, cette guerre ?

Mon fils me fixe, étonné. La guerre de Sécession,

tout le monde sait qu'on l'a gagnée. Mais qui a envie de se souvenir qu'on a failli la perdre ?

– Mais je croyais que Grant et Sherman étaient invincibles ! insiste-t-il.

– Parfois, dans la vie, pour réussir à gagner, il faut d'abord apprendre à perdre. Grant et Sherman ne sous-estimeront plus jamais l'ennemi. Mais, pour l'heure, tous deux ne pensent qu'à une chose : encaisser le mieux possible l'immense gifle que Johnston est en train d'infliger à leur armée. Allez, on recule avec les autres ! Espérons que la troisième ligne, elle, tiendra bon !

À nouveau, nous refluons dans les bois. J'entends les crépitements des fusillades et les hurlements des Sudistes quand ils chargent et taillent en pièces l'un de nos régiments – l'agonie de Prentiss. L'ennemi continue à remonter vers le nord. Le triangle est un nœud coulant qui se serre autour de la gorge de notre armée. Nous atteignons une plaine où l'on peut voir la rivière Tennessee, qui roule lentement ses masses d'eau phénoménales.

– On ne peut plus reculer, constate mon fils.

– Tu as compris. Ici, c'est la troisième ligne et il n'y en aura pas de quatrième. Du triangle il ne reste plus que le coin supérieur. Désormais, c'est tenir ou mourir.

Un couple de visiteurs pique-niquant m'aperçoit et se met à ramasser précipitamment ses papiers gras jetés sur l'herbe. Ils me prennent pour un policier venu les verbaliser. Ma tenue les induit en erreur. J'arbore mon uniforme de parade du Département de Police de New York, le NYPD. Normalement, je ne dois le porter que pour les cérémonies officielles. Mais pour cette journée exceptionnelle, j'ai fait une entorse au règlement. Souvent, je me dis que, si mon ancêtre ne s'était pas illustré à Shiloh, je ne serais pas devenu inspecteur de police. En tout cas, comme lui, je porte un uniforme bleu, je suis officier et je sers la collectivité. Ma femme nous rejoint – hier, je lui ai montré le chemin que j'allais parcourir et je lui ai indiqué un raccourci.

– Mais pourquoi le général Buell ne vient pas nous aider avec son armée ? demande mon fils.

– Eh bien, oui, miracle ! Buell sort enfin de son hibernation printanière !

Ma femme, qui déteste les donneurs de leçons, fait remarquer :

– C'est facile de critiquer quand on n'était pas là…

– Mais celui qui a dit ça était là ! Ce commentaire est de notre ancêtre. Après la guerre, il a passé des années à se renseigner sur cette bataille, à en discuter avec des frères d'armes, même avec d'anciens ennemis. C'est le général sudiste Beauregard qui, en 1869 à La Nouvelle-Orléans, contre quelques verres de Mint Julep – bourbon, menthe, sucre et glace pilée –, lui a cité les paroles de Johnston à son état-major. C'est un rescapé du 45e Tennessee qui lui a conté l'anecdote de la tasse de café. Et il en va de même pour chaque détail ! Puis, un jour, le major Gambale est revenu ici et il a raconté la bataille à son fils, en lui faisant promettre d'agir de même avec ses descendants. Pour que, dans notre famille, personne n'oublie. Moi, il y a vingt-cinq ans, mon père m'a emmené ici pour la première fois et il m'a fait ce récit, ce même récit que, encore vingt-deux ans plus tôt, son propre père lui avait transmis, toujours ici. Et ainsi de suite ! Tout ce que j'évoque, c'est notre ancêtre qui le raconte ! Ces mots ont ricoché de bouche en bouche de père en fils pour arriver jusqu'à mes lèvres, et j'espère qu'un jour, notre fils transmettra cette histoire à ses enfants. Parce qu'elle est notre héritage, l'héritage des Gambale.

Mon fils et mon épouse sont stupéfaits, moi je poursuis :

– Donc Buell a été informé de la situation. Il lui a fallu du temps pour admettre que tous ses calculs étaient faux, ses chers plans de bataille bons pour la poubelle. Maintenant, il envoie des renforts à Grant. Pour l'instant, il ne peut lancer que quelques milliers d'hommes sur les routes, le reste suivra dès que possible. Ces troupes filent à marche forcée, mais doivent parcourir des miles. Et quand elles arrivent enfin au niveau de l'armée de Grant, elles se trouvent sur l'autre rive et les voilà bloquées par la Tennessee ! Car il n'y a pas assez d'embarcations. Personne n'a imaginé qu'on aurait un jour besoin de faire traverser de toute urgence des milliers de soldats. Alors les quelques bateaux à vapeur disponibles commencent à faire la navette. Bondés de troupes fraîches, ils glissent sur l'eau et gagnent – lentement, si lentement… – Pittsburgh Landing. Quand ces hommes parviennent à destination, ils ont du mal à débarquer, à cause des flots de fuyards qui, eux, veulent monter à bord pour se ruer dans la direction opposée ! Les fantassins de Buell sont accueillis par des soldats paniqués qui hurlent : « La bataille est perdue ! Fuyez ! » Grant a besoin de renforts, beaucoup et tout de suite ! Mais il ne va recevoir qu'un goutte-à-goutte de compagnies. La bataille atteint son moment le plus critique.

Je viens me placer à un point précis et je fais face au sud. À ma gauche la rivière Tennessee, à ma droite tonnent tant et plus les cinquante canons qu'a rassemblés le colonel Webster, et tout y fume comme une chaîne de volcans en éruption.

– Nous sommes à l'extrême gauche de la ligne. À notre droite, il y a les canons du colonel Webster et Grant, perché sur son cheval, « immobile comme une statue », dira un survivant. Distribuant ses ordres, Grant contient l'armée ennemie. Il fume un cigare – il adore –, impassible alors qu'à trois mètres de lui, un boulet vient de tuer net l'un de ses aides de camp. Juste en face de nous, les Sudistes lancent leur ultime coup de maître : l'attaque de la brigade du général Chalmers. Tu les vois ? Cinq régiments, ils progressent droit sur nous ! Que veulent-ils faire ? Regarde où nous sommes…

– Ils veulent nous couper en deux ?

– Oui, ils veulent séparer Grant de Pittsburgh Landing ! S'ils y parviennent, ils recevront à coups de salves les soldats de Buell massés dans les bateaux, et ils expédieront nos précieux renforts au fond de la Tennessee. De plus, deux ou trois des régiments de Chalmers pourront contourner les canons de Webster, échappant à leur déluge de mitraille et de boulets, et ils attaqueront de flanc notre troisième ligne à bout de forces. C'est simple, si Chalmers passe : échec et mat !

– Ce sont quels régiments nordistes qui sont ici ?

– Un mélange confus de bribes d'unités. Parmi ces soldats, il y a le major Gambale, avec une partie du 32e Illinois et des égarés du 28e et du 41e Illinois. Il ne voit plus son colonel, son général de brigade s'est volatilisé, il côtoie un colonel de l'Ohio qui a pris le commandement d'un bataillon décapité de l'Iowa… La brigade de Chalmers se rapproche, bombardée par les canons de Webster qui doivent cependant éparpiller leur feu sur plusieurs unités ennemies menaçantes. Alors, voilà ce que fait le major Gambale.

J'ouvre mon sac pour en sortir un lourd sabre de

dragon modèle 1840 – notre ancêtre voulait servir dans la cavalerie, mais une chute de cheval brisa net son rêve. Mon fils est abasourdi. Ce sabre est sacré, il n'arrive pas à croire que je l'ai transporté jusqu'ici. Je le dégaine et je le plante dans la terre.

– Il s'exclame : « Moi, je ne quitte plus mon sabre ! » Notre ligne commence à reculer. Lui est juste derrière elle, ensuite il se retrouve au milieu d'elle, puis le voilà devant ! Les uns fuient, les autres refluent pas à pas en échangeant des coups de feu avec les démons gris de Chalmers. Ces derniers marquent une pause et s'alignent pour nous fusiller. Chalmers, gesticulant avec frénésie, ivre d'espoir, leur crie : « Ne perdez pas de temps à tirer ! Au pas de charge ! Encore un dernier effort ! Chargez ! » Mais l'ennemi n'en peut plus – cela fait douze heures et demie que, comme nous, ils se battent comme des enragés. Eux et nous, nous sommes deux boxeurs épuisés qui s'enlacent sur le ring, le temps de reprendre leur souffle. S'ils nous voient reculer, les Sudistes se précipiteront en avant et nous passeront sur le corps ! Donc le major Gambale se trouve juste là où nous sommes, entouré d'hommes qui tombent les uns après les autres. Debout à côté de son sabre, il vide le barillet de son colt calibre .44, celui dont a hérité ton grand-oncle William. Il pense qu'il va s'effondrer, que son sabre planté lui servira de croix pour sa tombe. On le connaît, au 32e Illinois, on sait combien il est têtu – d'ailleurs, toi et moi, sur ce point, qu'est-ce qu'on lui ressemble ! Ses soldats comprennent qu'il ne bougera pas. Or n'est-ce pas lui qui, lors d'une inspection, a osé se plaindre au général Grant de l'infecte nourriture ? N'a-t-il pas même écrit au président Lincoln pour signaler que les soldes continuaient à arriver en retard « malgré les belles promesses présidentielles » ? C'est que c'est un personnage, le major Gambale ! Dieu sait combien il peut être exaspérant, mais on l'adore ! Alors des soldats du 32e Illinois, qui se repliaient, reviennent vers lui. Pas pour résister à ses côtés, mais pour l'emporter de force vers l'arrière. Il reçoit une balle dans la cuisse, mais il s'appuie sur son sabre de la main gauche pour continuer à tenir debout. Il essaie de recharger son colt d'une seule main, comme si chacune de ses balles allait étendre un régiment ennemi. Quand le colonel de l'Iowa et ses fantassins de l'Ohio commencent à reculer à leur tour, il leur lance : « Au revoir l'Iowa et l'Ohio, l'Illinois reste ici ! » À cette époque, le sens de l'honneur, ça signifie vraiment quelque chose. Du coup, le colonel revient à ses côtés, ralliant ses hommes. Les deux forces se font face, échangeant des salves. Le général Chalmers se démène pour pousser les siens en avant, les nôtres tentent de tenir bon. Or, durant ces quinze minutes d'hésitation, il est en train de se dérouler un événement-clé ! Quatre compagnies du 36e Indiana finissent de débarquer d'un bateau à vapeur, des soldats de Buell. Une fois n'est pas coutume dans l'armée nordiste en 1862, un officier prend une initiative intelligente ! Au lieu d'attendre les autres compagnies et les ordres, celui qui les commande se rue avec ses hommes vers notre position. Tous crient : « Buell ! Buell ! » Ici, on comprend que les renforts arrivent enfin ! Le général Chalmers réussit à lancer sa charge. Sa brigade s'élance avec impétuosité : une imposante vague grise avide de tout engloutir. Mais elle est prise en enfilade par un puissant tir d'artillerie. Il provient du Lexington et du Tyler – deux canonnières qui viennent de se placer de manière à mordre dans le flanc ennemi – et de canonniers fous de courage, des rescapés de batteries en lambeaux, qui ont le culot de continuer à servir leurs pièces alors que l'infanterie chargée de les protéger s'est enfuie et qu'ils sont dos à la Tennessee. Chalmers subit un carnage, il abandonne dans son sillage un tapis de blessés et de cadavres, mais il passe malgré tout. Seulement, quand en face de lui les derniers débris des bataillons brisés de Grant et les quatre compagnies du 36e Indiana ouvrent le feu, c'en est trop. Sa brigade, déchiquetée et découragée, reflue en désarroi.

Je dégage le sabre et j'en essuie la terre. La lame étincelle au soleil, comme si elle venait subitement de se souvenir de cette journée d'avril 1862.

– Les combats vont s'apaiser pour aujourd'hui. Mais, à partir de maintenant et durant toute la nuit, les bateaux à vapeur vont sans cesse amener des troupes fraîches. Demain, Grant et Buell lanceront une contre-attaque générale, et remporteront au final la bataille de Shiloh. Eh bien, vois-tu, parmi la centaine de personnes qui ont permis de transformer une catastrophe en victoire, à côté des noms prestigieux comme Grant et Sherman, il y a le colonel Peabody qui envoya le major Powell en reconnaissance, le général Prentiss pour sa résistance désespérée, le tireur inconnu qui blessa mortellement

Johnston, Webster organisant la grande batterie de cinquante canons, les capitaines du Lexington et du Tyler, les artilleurs solitaires adossés à la Tennessee, l'officier qui commandait l'avant-garde du 36e Indiana, mais aussi cet entêté de major Gambale…

Je rengaine le sabre et je le lui tends.

– Joyeux anniversaire, fils.

D'émotion, il n'ose le prendre.

– Mais tu ne l'auras plus… balbutie-t-il.

– Ce sabre : il est aussi là, dis-je en appuyant l'index sur ma tempe. Et là, ajouté-je en lui montrant mes médailles. Cette histoire, je te la raconterai à nouveau l'an prochain, puis les années qui suivront. Jusqu'à ce que tu la connaisses par cœur, que tu n'en oublies plus le moindre détail, pas même la couleur des brins d'herbe en avril à Shiloh.

En partant, nous croisons les compagnies de Buell qui commencent à affluer vers le front, colonne après colonne, le pas pressé, impatientes d'en découdre, d'arracher la victoire.

Démons et revenants

Il s'était assis sur un muret dans Union Square. Il faisait nuit, il en avait pour deux heures d'attente et San Francisco fêtait Halloween.

Il ne connaissait pas cette ville. Il avait rempli bien des contrats mais aucun ici. Il s'était installé au cœur de la cité, face à un gigantesque magasin qui vendait le rêve américain à tous les étages, et il contemplait la foule. Il adorait observer les passants dans les quartiers animés.

Une fillette marchait en serrant contre elle un éléphant orange. Elle lui plut. Il la baptisa Kelly et s'imagina que c'était sa fille et qu'il lui avait offert cette peluche pour son anniversaire. Puis son regard glissa sur une belle jeune femme. Elle était brune, peut-être timide.

Elle portait une robe de soirée bleu électrique. Le brouillard humide l'avait surprise et elle marchait d'un pas pressé. Il fantasma leur rencontre. Comment s'y prenait-il ? Il la rejoignait par-derrière, de façon à la surprendre. Il lui posait sa veste sur les épaules. Elle sursautait et se retournait vivement. Alors elle comprenait le sens de son geste et souriait. Ensuite ? Que se passait-il ? Lui proposait-il de lui offrir un café pour la réchauffer ? Avait-elle le temps d'accepter avant de se rendre à sa soirée ? Et si elle acceptait, la discussion se prolongeant, décidait-elle que, tout compte fait, sa présence à cette soirée et son désir de s'y rendre n'étaient pas si importants que ça ?

La jeune femme disparut dans Geary Street. Il pouvait encore la rattraper. Mais il laissa le temps filer et les séparer. Il continua à s'imaginer d'autres vies et d'autres rencontres. Il n'avait que ses rêveries pour remplir son univers.

Il aperçut soudain trois petits fantômes. Ou plutôt, trois gamins qui s'étaient recouverts d'un drap. Ils avaient percé des trous pour leurs yeux et peinturluré des bouches noires menaçantes. Ils se précipitèrent vers lui.

– *Trik or Treat! Trik or Treat!* clamèrent-ils joyeusement en tendant leurs mains.

Des farces ou des bonbons ! Soit il offrait quelques caramels à ces démons, soit ceux-ci lui joueraient un vilain tour : des coups de pistolet à eau, de la farine lancée sur les vêtements, des grimaces… Il avait déjà oublié qu'aujourd'hui, c'était la nuit d'Halloween. À l'origine, cette fête païenne celtique invitait les gens à se tenir sur leurs gardes car, la veille de la Toussaint, fantômes et autres esprits errants revenaient sur Terre régler leurs comptes avec les vivants. Mais, désormais, Halloween n'était plus qu'une vaste foire aux monstres et aux dollars. Il se sentait étranger à tout cela. Cependant, il fit semblant d'avoir peur et implora leur pitié. Il joua si bien la comédie que les trois enfants éclatèrent de rire. Aucun d'entre eux ne devina que s'il se montrait si brillant dans ce rôle de victime, c'était parce qu'il avait souvent vu des gens terrorisés le supplier de les épargner. Il plongea la main sous sa veste. Ses doigts heurtèrent le métal glacé de son arme. Ils glissèrent le long du silencieux, trouvèrent la poche intérieure et saisirent son portefeuille. Il prit un billet de un dollar et le leur tendit. Le plus grand des fantômes le lui arracha des mains.

– Bon, ça va pour cette fois. Mais si on te revoit, on mangera ton âme !

Les trois esprits s'éloignèrent en courant et en agitant les bras.

Plus l'heure avançait et plus la foule devenait compacte. Les gens se rendaient à des soirées ou s'engouffraient dans des restaurants qui promettaient tous « la nuit la plus sanglante ». Il y avait autant d'adultes que d'enfants à s'amuser de cette fête au morbide ridicule.

Soudain, il eut le souffle coupé. Un squelette traversait la rue et s'avançait vers lui. Il était grand, très grand et maigre, tellement maigre. Une sorte de fil de fer mal détordu et un peu voûté. Patrick Doloway. Cet étrange corps filiforme et ce maintien du corps, raidi et incliné vers l'avant, qui rappelait celui d'une mante religieuse : ce ne pouvait être que lui. Doloway avait été son premier contrat. Avant Doloway, il n'était qu'un ado des rues, un frimeur dans un gang minable quasi inéluctablement condamné à crever d'une overdose, d'une volée de balles ou de désespoir, en prison. Comme il était malin et débrouillard, une organisation mafieuse s'était intéressée à lui. Après Doloway, il avait gagné beaucoup d'argent en supprimant une ou deux personnes par an. Il avait abandonné le gang, la rue, la drogue… Oui, vraiment, dans sa vie, il y avait eu l'« avant Doloway » et l'« après Doloway ». Il se souvenait parfaitement de cette nuit-là. Il avait marché droit sur Doloway et avait vidé son chargeur dans ce corps étrange. Mais, aujourd'hui, c'était Doloway qui marchait droit sur lui.

Le squelette le dépassa. Il n'était pas si grand que ça, tout compte fait. Doloway mesurait bien trois têtes de plus que lui. Il fixa attentivement le costume noir sur lequel avaient été cousues des pièces de tissus représentant des os trop blancs pour être vrais. Mais ce détail, même s'il lui prouvait qu'il avait été victime d'une illusion, ne parvenait pas à freiner les battements de son cœur.

Il se leva avec l'idée de rentrer dans un café pour boire quelque chose de chaud. En fait, il voulait surtout quitter la rue. Il aperçut alors une écorchée vive. C'était une femme qui avait revêtu une combinaison imitant les amas musculaires et la chair à vif. Elle distribuait des cartons d'invitation. Des enfants gravitaient autour d'elle. Certains voulaient leur carton, d'autres la touchaient, étonnés par le réalisme de son déguisement. Il ne pouvait détacher les yeux de ses longs cheveux blonds et de son corps sanglant. Elle ressemblait tant à Cynthia Betker, sa quatrième victime. On lui avait demandé de faire passer cette mort pour un accident. Il l'avait écrasée alors qu'elle traversait la rue pour rentrer chez elle. Il l'avait percutée de plein fouet à plus de cinquante miles à l'heure. Le bruit de la tôle froissée avait été terrible tandis que le corps était fauché et projeté en l'air et que lui-même venait s'écraser brutalement contre sa ceinture de sécurité. Il avait jeté un regard dans le rétroviseur pour s'assurer de son décès. Son corps était en sang. Comme ce soir. Ce ne pouvait pas être elle. Pourtant, sa silhouette mutilée se détachait sur une vitrine illuminée et il avait l'impression de la revoir dans le rétroviseur rendu éblouissant par les phares des véhicules qui pilaient devant le cadavre. Elle ne prêtait plus attention à ce qu'elle faisait et regardait dans sa direction. Il avait chaud, il transpirait. Il réalisa soudain que les enfants qui posaient les mains sur ce corps en souffrance retiraient leurs paumes maculées d'une empreinte sanglante. Il n'arrivait plus à savoir si ce qu'il voyait était véridique ou s'il était victime d'un jeu d'ombres et de lumières et de l'ambiance de cette nuit. Il détourna la tête. De l'autre côté de la rue, il y avait des magasins et ceux-ci lui apparurent comme des refuges. Il voulut traverser mais un long coup de klaxon lui déchira les tympans. Il recula d'un pas pour remonter sur le trottoir. Un flot de voitures passait sans discontinuer devant lui, alternance de phares et d'ombres mouvantes. Il aperçut une face déformée qui grimaçait derrière un pare-brise. Elle le regardait. Qui était-ce ? Elle disparut presque aussitôt dans le flux des véhicules. Enfin, il put traverser. Il haletait. Derrière une vitrine, une main sortait de terre dans un cimetière aux stèles en carton-pâte. La main était tendue en avant pour agripper une canette de soda en promotion. Mais lui crut qu'elle pointait un doigt accusateur dans sa direction pour signifier : « Voilà celui qui m'a tué ! » Il évita de lire le nom que le commerçant avait inventé pour décorer sa pierre tombale. Il craignait que celui-ci ne lui soit pas inconnu.

Il pénétra dans une immense librairie et se dirigea vers le distributeur de cafés. Il y en avait toujours un dans les grands magasins, comme si le fait de boire et de se nourrir était devenu indissociable de toutes les autres activités.

Il glissa une pièce dans l'appareil, pressa sur un bouton et écouta le mécanisme s'activer. Ce bruit tellement familier parvint à le rassurer. Il prit son temps pour boire son cappuccino artificiel, trop chaud et trop sucré.

Il ressortit un quart d'heure plus tard, après avoir feuilleté des guides de voyage. Tout était redevenu normal. Des petits zombies, des sorcières, des vampires et un Frankenstein convergeaient vers un club qui donnait un bal costumé, l'écorchée vive poursuivait sa distribution et il y avait des citrouilles grimaçantes aux fenêtres. Du toc, du plastique et du colorant. Halloween.

Il gagna Post Street et acheta un exemplaire d'un journal sans même prêter attention aux titres. Il aperçut alors sa cible. Un petit bonhomme grassouillet et chauve. Un comptable trop méthodique et surtout trop scrupuleux qui avait découvert que des fonds disparaissaient régulièrement de la société qui l'employait. L'Organisation savait qu'il finirait par contacter la police. Elle avait appris le matin même par un informateur qu'il venait de clôturer ses comptes bancaires. Il s'était ensuite rendu au travail, ne se sachant pas déjà découvert et voulant donner le change jusqu'au vendredi soir pour bénéficier de quarante-huit heures avant que sa fuite ne soit découverte. Et, pendant qu'il pianotait nerveusement sur son ordinateur, son futur assassin accomplissait en première classe un vol New York-San Francisco.

Il avançait vers le comptable. Il avait relevé son col et portait un bonnet de laine, passant anonyme perdu dans la foule. Il avait son arme à la main, dissimulée sous son journal. Il ferait feu en plein cœur et se fondrait dans le va-et-vient général tandis que des badauds encadreraient ce corps gisant à terre, croyant à un infarctus avant d'apercevoir le sang et de se mettre à hurler. Il s'ensuivrait une vaste panique, agitation chaotique idéale pour couvrir l'éloignement pressé d'un fugitif. Cela s'était si souvent déroulé ainsi…

Il se rapprocha de sa victime mais fut incapable de tirer. Il la fixait mais celle-ci ne l'avait même pas repéré. Le comptable regardait sans arrêt derrière lui, comme si le danger ne pouvait venir que dans son dos.

Il eut vingt fois l'occasion d'appuyer sur la détente et en fut vingt fois incapable. Si seulement sa cible avait fait attention à lui, si elle avait deviné qui il était. Alors elle aurait dégainé – car elle était certainement armée – et cela aurait induit son geste à lui, par réflexe. Il aurait enfin pu faire feu, car un réflexe court-circuitait le cerveau donc les pensées, les remords…

Le comptable ne l'identifia pas. Trop occupé à surveiller ses arrières, il le bouscula même accidentellement et, se retournant enfin pour le contempler, bredouilla :

– Excusez-moi, c'est de ma faute.

Lui ne répondit pas. Ce contact avec ce corps l'avait terrifié. Il lui semblait maintenant que la froideur du métal de son arme s'était propagée dans ses doigts jusqu'à les changer en bâtons de glace. S'étant laissé dépasser, il dut se retourner. Le comptable s'engouffrait dans un taxi. Pourtant, il habitait à deux rues d'ici. Donc il ne rentrait pas chez lui. Il voulait sûrement gagner l'aéroport. Le véhicule rejoignit le flot des voitures. Il y avait beaucoup de circulation, on roulait au pas. Rien n'était perdu, sa cible était encore à portée de tir. Elle jetait des coups d'œil dans toutes les directions tout en maudissant les embouteillages. Il lui suffisait de se rapprocher de quelques pas et de tirer dans cette boule ronde qui se détachait si bien dans la lunette arrière. Le clignotant du taxi s'alluma. C'était comme un voyant d'alarme, un avertissement lumineux orange. Il ne lui restait plus que quelques secondes pour agir. Le taxi disparut derrière un bloc de bâtiments.

Dans quelques minutes, ses employeurs, qui écoutaient les fréquences radio de la police, sauraient qu'il avait failli. Et comme l'échec était inacceptable dans ce genre de métier, un contrat serait aussitôt placé sur sa tête, cynique retournement de situation. Lui aussi allait devoir prendre un taxi pour l'aéroport.

Trois enfants sortirent d'un magasin. Chacun d'eux transportait une petite citrouille évidée à l'intérieur de laquelle une bougie illuminait les yeux et le sourire carnassier découpés dans la paroi. Ils se lancèrent dans une course-poursuite et le dépassèrent en riant. Il eut l'impression que quelques-uns de ses démons s'échappaient enfin de son esprit.

Loin à l'intérieur, là où moi seul peux aller

Ils veulent tous savoir. Ils veulent tous savoir pourquoi j'ai tué.

Il est dix heures du matin, l'heure de la diffusion musicale. J'en ai marre de leur musique classique. Et allez ! Beethoven ! Encore Beethoven ! Ils me passent du Beethoven pendant des heures. Cela fait partie du RPBR, le *Requalifying Program by Behavioral Reprogramming* ou Programme de réhabilitation par reprogrammation comportementale. C'est un projet scientifique qui est encore au stade expérimental. Le RPBR est supposé aider les assassins à se débarrasser de leurs pulsions criminelles. L'idée est si simple qu'elle en est géniale ou débile, l'avenir le dira : un mauvais environnement crée le mauvais homme, un bon environnement le guérit. Alors on fait écouter à des criminels de la musique « non agressive » et « fruit de ce que l'intelligence humaine a produit de mieux dans un domaine positif ». On les empêche de regarder des films violents (les gardiens contrôlent depuis l'extérieur de ma cellule les chaînes que je regarde). On les oblige à lire la Bible à voix haute. *Et cætera, et cætera.* Au bout de plusieurs mois, c'est censé nous adoucir.

Pourtant, moi, j'ai toujours envie de tuer.

Tous les jeudis matin, on m'emmène voir une psychiatre, le docteur Martha Disdit. C'est une spécialiste de la prise en charge des assassins et des violeurs. Cela fait plus de vingt ans qu'elle s'occupe des criminels. Elle commence à avoir une réputation nationale. La séance se déroule toujours de la même façon. J'arrive dans son vaste bureau qui est situé à l'intérieur du pénitencier. Elle veut que nous soyons seuls dans la pièce mais trois gardiens restent derrière la porte durant l'entretien. Elle me propose de m'allonger sur un divan mais je refuse à chaque fois. Alors je reste dans mon fauteuil, face à elle, et je me mets à parler. J'ai droit à une heure, ni plus ni moins. Je lui parle de ce que je veux : mon passé, mes rêves de la nuit précédente, mes projets, ce que j'ai lu, ce que j'ai vu à la télé, ce qui me passe par la tête… Elle, parfois, elle ne dit rien (juste : « Bonjour, monsieur Redge » et : « Au revoir, monsieur Redge »), parfois, elle me pose des questions. Elle a l'air impassible, comme ça, adossée à son large fauteuil, les mains posées sur le bureau, doigts entrecroisés, mais je sais qu'il n'en est rien. Elle veut comprendre pourquoi j'ai tué deux personnes. Tout le monde veut savoir ou croit savoir.

Il y a quelque temps, je lui ai raconté comment mon père adoptif me battait, quand j'étais gosse. J'ai vu que cela la mettait très mal à l'aise, même si elle faisait tout pour le cacher, alors je n'ai pas insisté. Pourtant, elle était déjà au courant. Mon avocat a longuement développé ce sujet durant mon procès. Jeudi dernier, je lui ai fait part d'une anecdote. J'avais six ou sept ans. Je revenais de chez mes grands-parents adoptifs chez lesquels j'avais passé trois semaines. Mon père adoptif a ouvert la porte. Il s'était laissé pousser la barbe mais je n'étais pas au courant. Sur le coup, je ne l'ai pas reconnu. J'ai vu un inconnu avec une barbe noire qui me fixait et je me suis mis à pleurer. Fin de l'histoire.

J'ai dit ça comme ça, l'air de rien, comme on fait part d'un événement sans importance à un ami. Mais l'une de mes victimes avait une barbe noire et avait approximativement l'âge de mon père adoptif. Le docteur Disdit a fait le lien entre l'anecdote et ce meurtre, j'en suis sûr. Mieux, je l'ai vu. Elle m'observe en permanence durant les entretiens mais c'est réciproque. Quand l'un de mes propos l'intéresse, ce n'est pas un tic machinal qui la trahit mais l'absence de tic, justement. Elle souhaite tellement que je ne m'aperçoive pas de son émotion qu'elle cesse de bouger les doigts, de s'adosser, de remuer la tête… Et là, mon petit récit l'a paralysée pendant deux longues minutes. La voilà partie dans un raisonnement psychanalytique : la barbe du père adoptif tortionnaire égale la barbe de l'une des victimes, ce qui signifie qu'en abattant cette dernière, je voulais symboliquement tuer mon père adoptif.

Mais mes deux meurtres n'ont rien à voir avec mon père adoptif. D'ailleurs, celui-ci ne s'est jamais laissé pousser la barbe. Pourquoi ai-je menti ? Pour deux raisons. D'une part, pour conserver son attention et donc faire en sorte que les séances se poursuivent et d'autre part, pour la tenir à distance de ce qui est vraiment au fond de moi.

Le docteur Martha Disdit a dépassé la cinquantaine. Moi, j'ai vingt-six ans. Durant nos entretiens, tout en parlant, je l'observe. Je l'ai déjà dit et je le dirai encore. Je ne veux pas savoir uniquement à quoi cette femme ressemble. Je ne contemple pas seulement sa façon de se comporter. Je veux savoir qui elle est et pour cela, pour l'instant, je ne possède que mon regard et mes pensées. Lors de chaque séance, je détaille une partie de son corps pour graver celle-ci dans mon esprit. La dernière fois, c'étaient ses yeux. Il m'aura fallu des mois et des mois pour parvenir à les fixer. Ils sont bienveillants et savent vous mettre en confiance, vous encourager lorsque, à l'évocation de certains souvenirs, l'émotion devient trop forte. Leurs iris sont verts. J'ai longtemps cherché comment définir cette couleur verte avec le plus de précision possible. J'ai feuilleté plusieurs catalogues, dans la bibliothèque de la prison. Je dirais que ces iris sont couleur feuille d'aulne canadien au cœur de l'été. Oui, c'est exactement cela.

Je me lève et je marche jusqu'aux barreaux blancs de ma cellule blanche. Ma tenue est blanche, mes couvertures sont blanches, mes serviettes de bain sont blanches… Ça aussi c'est une idée RPBR.

– Oh ! Arrêtez Beethoven ! Changez de disque !

À l'autre bout du couloir, derrière deux grilles successives, un gardien me fait signe qu'il a entendu. Ah ! Enfin le silence. Mais ça ne va pas durer. J'en ai tellement marre de Mozart, de Bach, de Haendel et des autres, que je rêve d'enchaînements agressifs de musique punk, de *hard rock* et de *black metal*. Vive les rythmes syncopés exaspérés qui vous déchirent les tympans et vous portent l'esprit à ébullition ! Pourtant, je n'en écoutais jamais, avant. Bravo, RPBR, quelle efficacité.

Mon premier meurtre a été étrange. Je croyais que ce serait facile de tirer sur quelqu'un. Dans les films, ça paraît toujours facile. On tend le bras, on appuie sur la détente, boum, le type est mort. Dans la réalité, c'est plus compliqué.

Il faisait beau et chaud. On était fin juin et Boston commençait à fleurir de drapeaux américains en vue de la fête nationale. J'étais assis sur le capot d'une voiture, à côté de la maison de ma victime. L'homme revenait de son travail. Il était en retard. Il a garé son quatre-quatre juste devant chez lui. Il est resté un moment dans son véhicule après avoir coupé le moteur. J'ai cru qu'il m'avait repéré et que je l'inquiétais. Mais pas du tout. Il est finalement sorti avec un énorme sac à provisions en papier cartonné dans chaque bras. Il s'est appuyé contre la portière pour la refermer et, voyant que je m'approchais, il s'est tourné vers moi. Il a souri mais il ressentait une curiosité teintée d'appréhension. Son visage s'est décomposé quand j'ai brandi l'arme. Les deux sacs sont tombés à terre. Il y a eu un bruit de verre brisé ; ils se sont renversés et de la sauce tomate s'est mise à couler sur le trottoir. Il m'a supplié de ne pas tirer. Il m'a dit qu'il avait vingt dollars dans son portefeuille et soixante dans la maison. Ma main tremblait. Moi, je voulais tirer mais elle, non. J'ai crié à ce type de la fermer mais il a continué à parler. Il a dû comprendre que sa voix le maintenait en vie en faisant de lui autre chose qu'un simple corps pris pour cible. J'ai fermé les yeux et j'ai vidé le chargeur. Par les informations, j'ai appris que seulement deux balles l'avaient touché et qu'il était décédé au bout de quelques secondes.

Ce fut tout aussi difficile pour la seconde victime,

celle à la barbe. Il était onze heures du soir. La porte du garage de sa maison s'est ouverte. L'homme est sorti au volant de sa voiture. J'avais prévu de l'abattre au moment où il descendrait de son véhicule pour refermer la porte du garage. Le scénario de ce deuxième meurtre aurait ainsi été très proche de celui du premier et cela m'aurait rassuré. Mais il a actionné une télécommande et le panneau a commencé à s'abaisser tout seul. J'ai paniqué et je me suis mis à tirer. Sa vitre a explosé. Il s'est courbé et a accéléré pour fuir. J'ai fait feu une dizaine de fois dans la lunette arrière qui s'éloignait. J'ai vu de la mousse blanche jaillir du siège conducteur et la voiture a calé. Il n'a pas tenté de la faire redémarrer… Ensuite, je me suis enfui en courant. Je m'étais garé non loin. Quelques instants plus tard, un véhicule de police me prenait en chasse sur la voie rapide, puis un second, un troisième, un quatrième…

Mon procès a été riche en rebondissements. Mon premier avocat, commis d'office, était gentil mais nul. Il avait à peine deux ans de plus que moi. Il voulait que je plaide l'aliénation mentale mais j'ai refusé. Les médias, le public : tout le monde s'attendait à ce que j'écope d'une belle peine de perpétuité. Alors est arrivé Stephen Murdaw, un crack du barreau. Il a accepté de me défendre bénévolement. Lorsqu'il a prononcé sa première plaidoirie, il a parlé de mon enfance. J'ai été abandonné à ma naissance. Je n'ai jamais connu mes parents. J'ai été adopté à l'âge de cinq ans. Mais mon père adoptif m'a battu jusqu'à ce que j'atteigne mes seize ans. Jusqu'à ce que je sois assez fort pour lui rendre poing dans la gueule pour poing dans la gueule, jusqu'à ce qu'il ne soit plus sûr que ce serait moi qui finirais au tapis. Murdaw a trouvé des mots si poignants… Il n'a pas fait de discours lyrique, de mélodrame larmoyant. Non, il s'est exprimé avec sobriété, comme un observateur présentant un reportage sur l'horreur au quotidien. Sa sincérité faisait trembler ses mains. Tout le monde sait que lui aussi a été battu durant toute son enfance. Quand il s'est tu, la moitié des membres du jury avait les larmes aux yeux. C'est grâce à lui que je n'ai été condamné qu'à douze ans. En vingt minutes, il a retourné l'opinion publique. Il continue à me rendre visite chaque mois alors qu'il est surchargé de travail. Je le considère comme le père que j'aurais voulu avoir.

Les journaux me surnomment « l'enfant martyr justicier ». En effet, j'ai soigneusement choisi mes victimes. Le premier de ces deux hommes était américain mais d'origine serbe. Durant la guerre au Kosovo, il s'était rendu là-bas et était fortement suspecté d'avoir participé à des « nettoyages ethniques » : exécutions sommaires, viols, tortures, pillages… Mais comme on n'avait rien pu prouver contre lui, il avait repris sa petite vie. Le deuxième était un trafiquant de drogue, un dealer qui vendait à la sortie des lycées. Il paraît qu'il existe plusieurs sites Internet qui parlent de moi. On m'y présente comme un héros. Les responsables de ces sites y font l'éloge de la peine de mort généralisée, de la loi du talion, du droit à se faire justice soi-même…

Les inventeurs du RPBR, le docteur Disdit et ses théories psychanalytiques, mon avocat et la cause des enfants battus, les citoyens qui pensent que la violence tuera la violence : tout le monde croit savoir pourquoi j'ai tué mais chacun ne voit que ce qu'il veut voir et ceci est souvent le reflet de sa propre vie ou de ses désirs personnels. Mais moi seul connais la vérité, celle qui se trouve loin à l'intérieur, là où moi seul peux aller.

C'est tellement plus simple.

J'ai dû enquêter pendant trois ans pour découvrir l'identité de ma mère. Enfin j'y suis arrivé grâce à ma date de naissance. Il m'a fallu convaincre plusieurs personnes des services sociaux s'occupant des enfants abandonnés et des adoptions. Légalement, l'identité de ma mère n'aurait jamais dû m'être communiquée. Légalement… Mais, après avoir tantôt apitoyé, tantôt soudoyé, tantôt menacé, j'ai enfin fini par obtenir ce que je voulais.

Je lui ai écrit. Pour un premier contact, une lettre, c'est moins violent qu'un coup de fil (et ne parlons pas d'une visite surprise). Je n'ai pas donné mon adresse mais celle d'un ami, je n'ai pas indiqué mon nom et mon prénom (elle ne connaît pas mon prénom car elle m'a abandonné dès ma naissance sans même m'en donner un), je n'ai même pas signé. Cela peut sembler fou de ma part d'avoir agi ainsi mais il paraît que c'est assez courant dans ce genre de situation. J'avais tellement peur de ce qu'elle allait me répondre que je voulais me protéger, n'être qu'une silhouette à peine entrevue dans le brouillard. Une silhouette qui n'accepterait de se montrer que si elle faisait un pas vers moi. J'ai reçu une réponse. L'écriture était presque illisible tant sa main avait tremblé. Ma mère m'a expliqué qu'elle m'avait abandonné car j'étais issu d'un viol. Elle m'a déclaré qu'il lui était impossible de me rencontrer, qu'elle était désolée de la peine que cela me causerait mais qu'il ne lui était pas possible de réagir autrement. Quelques jours plus tard, elle a déménagé.

Alors moi aussi j'ai déménagé. J'ai quitté Seattle pour Boston. Je me suis procuré une arme à feu, j'ai cherché l'adresse de cinq ou six assassins en liberté vivant à Boston et j'ai tué. Si j'ai choisi un ancien bourreau et un dealer responsable de deux overdoses mortelles dans un lycée, c'était parce que je pensais que ce serait plus facile pour moi d'abattre ces deux-là plutôt que des gens pris au hasard dans la rue. Après mon arrestation, on m'a envoyé ici, dans le pénitencier de Boorduts, au sud de Boston. C'est là que travaille ma mère, le docteur Martha Disdit. Elle ne sait pas qui je suis. Je ne lui ai rien dit. Et maintenant, chaque jeudi, je la vois, je lui parle, je lui raconte ma vie comme le font tous les fils avec leur mère.

Finalement, elle et moi, nous sommes dans cette prison pour la même raison : pour exorciser notre passé. Quand je sortirai, je me débrouillerai pour apprendre qui est mon père, je le retrouverai et je le tuerai pour ce qu'il a fait. On me renverra aussitôt ici. Ma mère devinera forcément qui je suis. Alors, j'aurai enfin la réponse à cette question qui me hante : m'abandonnera-t-elle une troisième fois ?

Du même auteur

ROMANS

La Dame des MacEnnen, éd. Glyphe, 2008.

La Mémoire des flammes, éd. 10/18 (coll. Grands Détectives), 2006.

Chasse au loup, éd. 10/18 (coll. Grands Détectives), 2005.

Les Proies de l'officier, (première publication en grand format, NiL éd., 2002), éd. 10/18 (coll. Grands Détectives), 2005. (Prix spécial de la Gendarmerie nationale 2003)

Un monde hostile, Largo éditions, 1998 (sous le pseudonyme Jack Ayston).

NOUVELLES

Par l'épée et le sabre, éd. Thierry Magnier, 2007.

Le Poisson bleu nuit, éd. Nuit d'avril, 2007. (Prix Charles Brisset 2007 de l'Association française de psychiatrie)

Loin à l'intérieur, éd. de l'Oxymore, 2005. (Prix Littré 2006)

La collection Nouvelles

SCÈNES DE CRIME
Brigitte Aubert

AVEC LA LANGUE
Adam Bagdasarian

QUAND LE SENTIMENT...
Hubert Ben Kemoun

COUPER COURT
Jean-Noël Blanc

NOIR AMÉRICAIN
Armand Cabasson

PAR L'ÉPÉE ET LE SABRE
Armand Cabasson

DES PETITS RIENS AU GOÛT DE CITRON
Régine Detambel

LE CHANT DES LUNES
Gudule

FAIRE ET DÉFAIRE
Mathis

L'ÉCHO DES ARMES
Yann Mens

LA REVANCHE DE L'OMBRE ROUGE
Jean Molla

UN SOIR À BEYROUTH
Sélim Nassib

TIREZ SUR L'AMBULANCE !
Colin Thibert

Cet ouvrage a été achevé d'imprimer

à bout portant

pour le compte des éditions Thierry Magnier

par l'imprimerie Technic Imprim à 91 Les Ulis en août 2008

Dépôt légal : septembre 2008

Imprimé en France

La collection Nouvelles

SCÈNES DE CRIME
Brigitte Aubert

AVEC LA LANGUE
Adam Bagdasarian

QUAND LE SENTIMENT...
Hubert Ben Kemoun

COUPER COURT
Jean-Noël Blanc

NOIR AMÉRICAIN
Armand Cabasson

PAR L'ÉPÉE ET LE SABRE
Armand Cabasson

DES PETITS RIENS AU GOÛT DE CITRON
Régine Detambel

LE CHANT DES LUNES
Gudule

FAIRE ET DÉFAIRE
Mathis

L'ÉCHO DES ARMES
Yann Mens

LA REVANCHE DE L'OMBRE ROUGE
Jean Molla

UN SOIR À BEYROUTH
Sélim Nassib

TIREZ SUR L'AMBULANCE !
Colin Thibert

Cet ouvrage a été achevé d'imprimer

à bout portant

pour le compte des éditions Thierry Magnier

par l'imprimerie Technic Imprim à 91 Les Ulis en août 2008

Dépôt légal : septembre 2008

Imprimé en France